求愛トラップ
「触って」

「わ……っ、嘘!?」

手を取って導かれ、ロイの昂ぶりを握らされる。

自分の手の平で感じる熱さと大きさに、さっき以上に頭の中が沸騰した。

「嘘でも夢でもないよ。こうして、一緒に擦って」

JN263913

求愛トラップ

藤崎 都

16257

角川ルビー文庫

CONTENTS

口絵・本文イラスト／蓮川　愛

1

「洗濯物《せんたくもの》干してきたのに……っ」

森住惺《もりずみさとる》は予報とはまったく違《ちが》う天候に文句を云《い》いながら、アルバイト先の弁当屋からの帰り道を急いでいた。

今朝、ラジオで聞いた天気予報では一日中快晴だと云っていたのに、夕方から急に雲行きが怪《あや》しくなって、バイトを終えて家に向かっている途中《とちゅう》、とうとう雨が降り出してきた。その上、小雨《こさめ》ですめばいいと祈《いの》っているうちに雨脚《あまあし》が強まってきた。

カバンの中に折り畳《たた》み傘《がさ》を常備していたため、自分はずぶ濡《ぬ》れにならずにすんだけれど、出かける前に洗濯物を庭に干してきてしまった。いまさら急いだところで洗い直さなくてはならないことに変わりはないけれど、被害《ひがい》は最小限に留《とど》めておきたい。

帰宅を急ぎ、濡れたアスファルトを小走りに蹴《け》りながら角を曲がろうとしたその瞬間《しゅんかん》、向こうから来た人と正面衝突《しょうとつ》してしまった。

「うわ…っ」

相手はまるで壁《かべ》のようで、惺はそのまま跳《は》ね返されてしまった。だが、濡れた道路にひっくり返りそうになる寸前、長い腕《うで》が伸《の》びてきた。

傘は取り落としてしまったけれど、すんでのところで腰《こし》を掬《すく》うように抱《だ》き寄せられて転ばずにすんだ。バイト先からもらってきた惣菜《そうざい》が入ったビニール袋《ぶくろ》は何とか手に提《さ》がっているから、多分中身は無事だろう。

そんなことよりも、相手の人は大丈夫《だいじょうぶ》だっただろうか。傘の金具などで怪我《けが》をしていなければいいのだが。心配になりながら、バランスを取って自分の足で立つ。

「すみませ――」

惺は謝りかけて、息を呑《の》む。見上げたその男は黒いスーツにサングラスをかけた金髪《きんぱつ》で、映画に出てくるマフィアのようだった。その迫力《はくりょく》に思わず気圧《けお》された。

サングラスのせいではっきりとした容貌《ようぼう》はわからないけれど、どうやら欧米《おうべい》人のようだ。外見で人を判断するのはよくないと思うが、辺りをしきりに気にしている様子はいかにも怪しい。

英語で謝罪し直したほうがいいだろうかと思いかけたけれど、男からは驚《おどろ》くほど流暢《りゅうちょう》な日本語が返ってきた。

「こちらこそ悪かった。君は大丈夫だったか？」

「あ、はい……」

物腰は丁寧《ていねい》だけれど、あまり関《かか》わり合いにならないほうがいいかもしれない。さっさと立ち去ってしまったほうが賢明《けんめい》だろう。

そそくさと落とした傘を拾おうとしたそのとき、彼が傘を差していないことに気がついた。

よく見れば、男はずいぶんと濡れそぼっている。どうやら、ずっとこの雨の中で過ごしていたようだ。本格的な冬はまだ先だけれど、濡れたままでいたら、きっと風邪《かぜ》を引いてしまう。見て見ぬふりができなくて、惺は迷った末に拾い上げた自分の傘を彼に差し出した。

「あの、よかったら、これ使って下さい」

「!」

惺の申し出に、男は驚いているようだった。

(僕、どこかヘンだったかな?)

まじまじと見つめられ、居心地《いごこち》の悪い気分になる。いまさら手を引っ込めるわけにもいかず、惺は背伸《せの》びをするようにして男を傘の下に入れた。

「気持ちはありがたいが、君はどうするんだ?」

「僕の家はすぐそこなんで、走って帰れば大丈夫ですから。それじゃあ、僕は失礼し——」

傘を渡《わた》して立ち去ろうとしたら、何故《なぜ》か男に手を摑《つか》まれて引き留められた。びっくりして振《ふ》り返ると、いきなり真顔で問いかけられた。

「君、名前は?」

「はい?」

「あとでこの傘の礼と、さっきの詫《わ》びもしたいから、名前と連絡先《れんらくさき》を教えてくれないだろうか?」

まさか、そんなふうに云ってくるとは思いもしなかった。面食《めんく》らいつつ、曖昧《あいまい》な笑《え》みで返す。

「お礼だなんて気にしないで下さい。その傘も、どうせ安物なんで」

「そういうわけにはいかない。親切にしてもらった恩返しをさせて欲しい」

「でも、そんな大したことでもないですし……」

気にするなと繰《く》り返す惺に対し、男はどうしても礼がしたいからと、しつこく食い下がってくる。まさか傘を貸そうとしただけで、こんな大事《おおごと》になるとは思ってもみなかった。

(何か面倒《めんどう》なことになったな……)

一見怖《こわ》そうだけれど、話してみた感じでは悪い人ではなさそうだ。しかし、不用意に名前や住所を見知らぬ相手に教えるのは不用心だろう。

「頼《たの》む。いま、何も訊《き》かずに君と別れたら、きっと後悔《こうかい》する。名前だけでも教えてくれ」

「いや、でも……」

いっそ、名乗るほどのものではありませんとお約束な台詞《せりふ》を云って、逃《に》げてしまったほうがいいだろうか。困り果てて押し問答をしていると、急に辺りが騒《さわ》がしくなった。

「この近くで降りたと思うんだが…」

「もう他《ほか》の車に乗っていったんじゃないか?」

「いや、このへんじゃタクシーなんて捕《つか》まらないだろう。きっと、まだ近くにいるはずだ、手分けして捜《さが》せ」

物々しい雰囲気《ふんいき》で、誰《だれ》かを捜している話し声が聞こえてきた。その声を聞いた瞬間、男は舌打ちをした。

「Shit!」

「え!?」

男は身を翻《ひるがえ》すようにして、近くの建物の陰《かげ》に身を隠《かく》す。腕を摑まれていた惺は、巻き込まれるようにして壁際《かべぎわ》に追《つ》い詰められる形になった。

「あの――」

「静かに」

男はそう云って、戸惑《とまど》う惺をキツく抱き寄せる。反射的に声を上げそうになったけれど、顔に押しつけられたスーツが不思議といい匂《にお》いがして、ついそれに気を取られてしまった。

(……って、何余裕《よゆう》かましてるんだ僕は!)

自分で自分にツッコミを入れ、改めて声を上げようとする。しかし、顔をキツく胸に押しつけられているせいで、上手《うま》く空気が吸えない。

「んむ……っ」

「頼む、声を出さないでくれ。あいつらに見つかると厄介《やっかい》なんだ」

「!?」

黙《だま》っているよう命じられ、否応《いやおう》なく緊迫感《きんぱくかん》が増した。もしかしたら、本当に追われているマフィアなのかもしれない――状況《じょうきょう》が、想像力を悪いほうに働かせる。

男は話し声が遠ざかっていくのを待っているようだ。やはり、男のことなど無視して行ってしまうべきだったと後悔したけれど、いまさらもう遅《おそ》い。

（ど、どうしよう……）

体を押さえ込む力も強く、だんだんと不安が募《つの》っていく。このままだと、厄介ごとに巻き込まれてしまいかねない。しかし、無闇《むやみ》に抵抗《ていこう》するほうが危険なのではないだろうか。大人しく追っ手をやり過ごしたあと、隙《すき》をついて逃げ出すのが賢明な手段だろう。

そうは思っても、じっと大人しくしているのは性《しょう》に合わない。迷いに迷った末、生まれつきの負けん気が勝った。

「行ったみたいだな――!?」

悍が全力で足の甲《こう》を踏《ふ》むと、男は声にならない悲鳴を上げた。

（よし、いまのうちだ！）

拘束《こうそく》が緩《ゆる》んだ隙に逃げようとしたけれど、身を翻そうとしたところで再び腕を摑まれ、引き留められてしまった。男は痛みを堪《こら》えながら、懇願《こんがん》してくる。

「ま、待ってくれ」

「手を離《はな》さないと、警察を呼びますよ!?」

「ま、待て、俺は怪しい人間じゃない」

男はそう云《い》いながら、慌《あわ》てていたサングラスを外した。濡《ぬ》れた髪《かみ》を掻《か》き上げると、その顔を隠すものは何もなくなる。彼の素顔《すがお》を目にした惺は、思わず目を瞠《みは》った。

「……っ」

心臓が急に早鐘《はやがね》を打ち出し、雨で肌寒《はだざむ》さを覚えるほどなのに、何故か体温が上がっていく。暗がりでもわかるほどはっきりとした目鼻立ちは、まるで芸術品のように完璧《かんぺき》に整っている。雨に濡れた姿さえ様になる、本物の美形だった。

明かりは近くの街灯しかないため、はっきりとした色まではわからないけれど、色素の薄《うす》い瞳《ひとみ》は幻想《げんそう》的で魅入《みい》られてしまいそうだ。

(だから、見蕩《みと》れてどうするんだよ!)

一瞬《いっしゅん》、目を奪《うば》われかけたけれど、慌てて気持ちを引き締《し》める。どうして、いちいちこの男に気を取られてしまうのだろう?

素顔を見せられたからと云って、まだ信用できる人間かどうかはわからない。惺が警戒《けいかい》を解かないでいると、彼は何故か困惑《こんわく》した様子で訊いてきた。

「……もしかして、俺のことを知らないのか?」

「知るわけないでしょう。あなたのような知り合いはいません」

男の問いに、惺はきっぱりと云い返した。

幼い頃《ころ》にアメリカで暮らしていたこともあるけれど、当時の知人とはすでに誰とも連絡《れんらく》は取り合っていないし、こんなに目立つ男なら、一度会ったら忘れられないはずだ。

どこかで会ったことがないか、などと下手なナンパのようなことを云ってきたら、今度こそ警察を呼んでやると身構える。

「テレビで見たことはないか？」

「テレビ？」

「日本でも、それなりに顔が売れてるはずなんだが……」

悍の反応に、男はどんどん心許《こころもと》なくなっていっているようだった。

（テレビに出ているってことは、俳優か何かなのかな？）

この容姿なら、その可能性が大きい。落ち込んでいる様子が少し可哀想《かわいそう》になり、ついフォローを入れてしまう。

「すみません、ウチにはテレビがないんです」

以前使っていたものが壊《こわ》れてからは、必要性を感じなかったために新しいものを買っていない。バイト先の休憩《きゅうけい》時間に目にするくらいだ。クラスメイトからはじじくさいと揶揄《やゆ》されるけれど、ニュースなら新聞やラジオで間に合っている。

「そうか、それなら俺の顔を目にする機会もあまりないかもな。日本でもずいぶん有名になったと思ってたんだが、俺もまだまだだな」

「ごめんなさい、僕そういうのに疎《うと》くて……。友達からもよく話通じないとか云われるんです」

世間に疎く、流行《はや》りものをよく知らない。知らないと云われ、気を悪くするかと思ったけれど、彼は何故《なぜ》だか嬉《うれ》しそうだった。あまりの世間知らずぶりが面白《おもしろ》いのかもしれない。

「いや、君が気にすることはない。俺の名前は、ロイ・クロフォードだ。メジャーリーグのブラックラビッツでプレイヤーをしている」

「メジャーリーグ？」

云われてみれば、スポーツをやっていてもおかしくはないほど体つきは逞《たくま》しい。しかし、それが真実かどうか、悍には判断をつけることはできなかった。そもそもメジャーリーグの選手を知らないからだ。ロイと名乗った男は、まだ不安げな悍に財布《さいふ》を開いてIDを見せてきた。

「俺は間違《まちが》いなく本人だ。ここに名前が書いてあるだろう？」

財布の中のIDには、爽《さわ》やかに微笑《ほほえ》んだ男の写真とRoy Crawfordという名前が記されていた。確かに、彼は『ロイ・クロフォード』なのだろう。

「そうだ、今度の日米交流試合のチケットがあるんだ。迷惑《めいわく》をかけた詫《わ》びに招待しよう」

「はあ…」

財布の中から取り出されたそれは野球のチケットのようだった。しかし、それがどういった席で、どのくらい貴重なチケットなのか悍にはわからない。

彼は反応の鈍《にぶ》い悍を訝《いぶか》しく思ったのか、さらに問いかけてきた。

「もしかして、野球にも興味ないのか？」

「……すみません。僕、とくに野球が苦手で……」

過去に巻き込まれたとある事故のせいで、野球に関するものを目にしたり、耳にしたりすると、辛《つら》い記憶《きおく》が蘇《よみがえ》ってくる。だから、できるだけ距離《きょり》を取るようにしているのだ。

積極的にテレビを買おうという気にならないのは、そのせいもあるかもしれない。テレビがなければ、うっかり目にしてしまうこともない。

自分が持っていても仕方ないからと、チケットは丁重《ていちょう》にロイに返した。

「ふぅん、野球が苦手なんて珍《めずら》しいな。でも、謝らなくていい。そうか、だから俺のこともわからないんだな。納得《なっとく》した」

「でも、そんな人が何でこんなところにいるんですか？」

野球に詳《くわ》しくないとは云え、メジャーリーガーになるということがすごいということくらいはわかる。もし、ロイの云うことが正しいなら、何故こんな場所にいるのだろう。

ここは東京の下町の住宅街だ。そんな有名人がいる理由がわからない。

「俺は今度の日米交流試合のメンバーの一人なんだ。所用をすますために、内密に他《ほか》のメンバーよりも早く来たんだ。それをパパラッチに嗅《か》ぎつけられてね」

「……それでさっき追われてたんですか」

パパラッチとは、有名人のゴシップを狙《ねら》う過激でしつこいカメラマンのことだ。テレビを見なくても、そのくらいの知識はある。彼らはマフィアの追っ手ではなく、ロイのスクープを狙うカメラマンだったわけだ。

「ああ、しつこくて参ったよ。空港で見つかったらしくて、ホテルのロビーで張られていて——そこからずっと追われてた」

ロイ曰《いわ》く、タクシーで逃《に》げていたけれど、追いかけっこはいつまで経《た》っても終わらず、仕方なく運転手に金を渡《わた》してカメラマンを撒《ま》くよう指示し、この近くで降りたのだそうだ。

「他のタクシーを拾ってホテルに帰ろうとしたんだが、タクシーどころか人も通らない。たまに見かけて声をかけても無視されるばかりで困ったよ」

「このへんは普通《ふつう》の住宅街ですからね」

大通りか駅前まで出ればすぐに捕《つか》まえることができるだろうが、土地勘《とちかん》がなければ路地に迷い込んでしまっても仕方ない。声をかけられた人が足を止めなかったのは、ロイの出《い》で立ちがいかにも怪《あや》しいからだが、それは云わないでおいた。

(でも、ちょっと可哀想かも……)

異国の地で雨に濡れながら迷子になっているだけでも辛いだろうに、不審者扱《ふしんしゃあつか》いまでしてしまって申し訳なかった。途方《とほう》に暮れている様子のロイに、おずおずと申し出る。

「あの、じゃあウチに来ますか?」

「君の家に?」

ロイは惺の提案に驚《おどろ》き、目を瞠る。

「雨宿りしてって下さい。何もないですけど、服を乾《かわ》かすくらいならできますから」

「本当にいいのか？」

「そのままじゃ風邪《かぜ》引いちゃいそうですし、その、足も腫《は》れてたら申し訳ないなぁと……」

スポーツ選手ということは体が資本だ。惺が踏《ふ》んづけたせいで怪我《けが》をしたとなったら、謝罪だけではすまない。

「ありがとう！　君はまるで天使だ！」

「わっ」

手放しで喜ぶロイに、手加減なしに抱《だ》きしめられた。息苦しさと、彼が身に纏《まと》う香《かお》りにくらくらする。

「は、放して下さ……」

「本当に感謝してる！」

「や…っ!?」

ロイは肩《かた》を摑《つか》んで惺の体を起こしたかと思うと、感謝のキスを頰《ほお》にしてきた。その瞬間《しゅんかん》、反射的に平手打ちをかましてしまう。

「あっ、す、すみません…っ」

慌てて無意識の行動を謝る。アメリカ人のロイにとって、頰へのキスなんて挨拶《あいさつ》のようなものだ。過剰《かじょう》に反応しすぎた自分を反省する。

(昔はこんなに気にならなかったんだけど……)

一時期、アメリカで生活していたこともある惺にとって、欧米《おうべい》式のスキンシップはそこまで不慣れなものでもない。それなのに、ロイの唇《くちびる》が触《ふ》れた瞬間、一気に体温が上昇《じょうしょう》した。頬にはまだ、唇の感触《かんしょく》が残っている。

「だ、大丈夫《だいじょうぶ》ですか？　本当にすみません、ちょっとびっくりして……」

手が出てしまったことを申し訳なく思い、重ねて謝罪すると、ロイも謝ってきた。

「いや、こちらこそすまない。ここは日本だったな」

頬を叩《たた》かれたのに、ロイは全然気にしていなかった。惺の平手打ちなど、蠅《はえ》が止まった程度のものだったのかもしれない。

「痛くなかったですか？」

「さっきの足での攻撃《こうげき》に比べたら、何てことはない」

「二度もごめんなさい…っ」

「冗談《じょうだん》だよ。そうだ、君の名前を訊いてもいいか？」

改めて訊かれ、名乗っていなかったことを思い出す。家に招くのだから、自己紹介《しょうかい》くらいするべきだろう。

「えっと、森住惺です。森に住むって書いて森住、りっしんべんに星で惺、です。ミスター・

クロフォード」

自己紹介のときに必ずする説明をしてみたけれど、ロイがそれを理解してくれているかどうかはわからなかった。

「サトルか。うん、いい名前だな。俺のことはロイって呼んでくれればいい」

「ロイ、さん？」

「ロイでいい。よろしくな、惺」

「よ、よろしくお願いします」

ロイは終始にこやかにしているため、こちらもつられて表情を綻《ほころ》ばせてしまう。差し出された手を握《にぎ》ると、その手の平は雨に濡《ぬ》れていたというのに温かく、力強かった。

「ここが僕の家です」

ロイを案内したのは、下町の一角にある小さな平屋だ。

この家は祖父の代からの住まいで、昨年亡《な》くなった祖母から継《つ》いだ。滑《すべ》りの悪くなった引き戸を開け、ロイを招き入れる。

「あの、上がって下さい」

「ありがとう。靴《くつ》はここで脱《ぬ》げばいいのか？」

「あ、はい、そうです」

小さな折り畳《たた》み傘《がさ》を二人で差してきたわりにあまり自分が濡れていないのは、ロイが惺に差しかけてくれていたからだろう。惺は急いで脱衣《だつい》所からバスタオルを持ってきた。

「あの、これで頭とか拭《ふ》いて下さい」

「ああ、ありがとう」

「服も干しておいたほうが——あっ、洗濯物《せんたくもの》！」

「どうした？」

「洗濯物を干していたのを忘れてて…っ、すみません、ちょっと取り込んできます！」

ロイのことで頭がいっぱいで、すっかり忘れていた。来客中にみっともないのはわかっていたけれど、放《ほう》っておくわけにもいかない。縁側《えんがわ》のガラス戸の鍵《かぎ》を開けて庭に出ると、思ったとおり、洗濯物は見るも無惨《むざん》な姿になっていた。

朝から張りきってたくさん洗濯したのに、またやり直しだと思うと肩が落ちる。両手に抱《かか》えるようにして、濡れたシーツや衣類を抱えて縁側に戻《もど》ると、ロイがそこにいた。

「何か手伝うことはあるか？」

「大丈夫です、すぐ終わるんで座ってて下さい」

「しかし、二人でやったほうが早くすむだろう？　それに惺の役に立てるほうが嬉《うれ》しい」

「……じゃあ、一緒《いっしょ》に運んでもらえますか？」

少し考えて、手伝いを頼《たの》むことにした。縁側と庭を往復して取り込んだ洗濯物を洗濯機の置いてある脱衣所まで運んでもらうことにした。

「どこに持っていけばいい？」

惺の腕《うで》では一度では運べそうにない量の衣類を、ロイは一抱えにしてしまう。

「あ、ええと、こっちです」

やることがなくなってしまった惺は、ロイの前を歩き、脱衣所へと案内する。

(何ていうか、有名人のわりに気さくな人だなぁ…)

メジャーリーグの選手だったら、身の回りのことは何でも誰《だれ》かがやってくれていそうなイメージがある。いくら世間に疎《うと》いと云《い》っても、メジャーリーガーが大スターだということくらいは理解している。

「何だか申し訳ないです、お客様にこんなことしてもらっちゃって……。重たくないですか？」

「このくらい、トレーニングに比べたら余裕《よゆう》だよ。それにしても、君の家はずいぶん古い建物なんだな。趣《おもむき》があって素晴《すば》らしい」

「そうですか？」

振《ふ》り返ると、ロイは廊下《ろうか》を歩きながら、興味深そうにきょろきょろとしていた。どうやら、古いタイプの日本家屋に興味があるらしい。この近隣《きんりん》では珍《めずら》しいタイプの建物ではないけれど、外国人には逆に目新しく映るのだろう。

「このへんは昔ながらの古い家がけっこう残ってますよ。ウチは何度か改装はしてるみたいですけど、築四十年は経《た》ってると思います。だから、あちこちガタがきてて」

「一度、こういう家に来てみたかったんだ。京都にでも行かないと見られないと思っていたんだが、東京にも残ってるんだな」

「昔ながらの下町ですからね。あ、すみません、天井《てんじょう》低いですから気をつけて下さいね」

「大丈夫、気をつけるよ——……ッ」

云ったそばから、脱衣所の入り口の枠《わく》におでこをぶつけている。その様子がおかしくて、つい笑ってしまった。

「だから云ったのに」

「惺にはカッコ悪いところばかり見せてるな」

くすくすと笑う惺に、ロイはバツの悪そうな顔で肩を竦《すく》める。カッコ悪いと自分では云っているけれど、わざとらしくなってしまいそうな仕草すら決まって見える。

「あっ、すみません、いつまでも持たせたままで。それはここのカゴに入れておいて下さい」

「ここでいいのか？」

「はい、ありがとうございました。あ、いまお風呂《ふろわ》沸かしますから、ちょっと待ってて下さい。

あと着替《きが》えたほうがいいですよね？　そのままだと風邪《かぜ》引いちゃいそうですし」
「ありがとう、色々と悪いね」
しかし、着替えと云ってもロイのサイズに合う服がこの家にあるとは思えない。Lサイズの
Tシャツでも入るかどうかわからない。
風呂を沸かす準備をしてから、ロイを居間に案内した。見るからに仕立てのいいスーツは、
洗濯機で洗うわけにはいかないだろう。とりあえず、上着を預かってハンガーにかけておく。
ロイのほうを見ると、まだ立ったままだった。どうやら、どこに落ち着けばいいかわからな
かったらしい。
「椅子《いす》とかなくてすみません。これに座って下さい」
あまり使っていなかった座布団《ざぶとん》を引っ張り出して勧《すす》める。
「このまま座ると濡れるだろう」
「気にしないで下さい。ちょっとくらい濡れても大丈夫ですから」
「そうか？」
惺の言葉に、ロイは遠慮《えんりょ》がちに腰《こし》を下ろした。
ロイがその前に座っていると、まるで卓袱台《ちゃぶだい》がおままごとのおもちゃのように見える。それ
以前に、彼がこの空間にいること自体、映画の中の登場人物が日常に飛び出してきたような違《い》
和感《わかん》があった。

「そういえば、惺はいま何歳なんだ？」

「ええと、いまはまだ十六です」

「十六歳ってことは、高校生か。他《ほか》の家族はどうしたんだ？」

「いまはいないんです」

重苦しくならないよう、何気なく答える。何度となく繰《く》り返された質問だけれど、この答えを云うときはいつも気を遣《つか》う。どうしても空気が重くなってしまうから。

「いないって、旅行か何かで出かけてるのか？　高校生一人残して不用心だな」

「いえ、僕一人なんです。両親はだいぶ前に亡くなったので」

「……っ」

事実を告げた途端《とたん》、ロイの表情に罪悪感が滲《にじ》んだため、慌《あわ》てて説明をつけ加えた。

「あ、でも、ずっと祖母と暮らしてたので、ずっと一人だったわけじゃないですし！　その祖母も去年亡くなりましたけど…」

両親を交通事故で亡くして以来、この家で祖母と二人暮らしをしていた。淋《さび》しくなかったと云えば嘘《うそ》になるけれど、祖母も周りの人たちもよくしてくれたから辛《つら》くはなかった。

「生活はどうしてるんだ？　学校も行ってるんだろう？」

「一応、放課後とか休みの日にバイトしてます。でも、祖母がこの家を残してくれたし、両親の残してくれた遺産もありますから…」

頼《たよ》れる親戚《しんせき》はいないけれど、両親の友人で弁護士をしている人が後見人になってくれ、この家を相続する手続きも取ってくれた。だから、金銭的な面では浪費《ろうひ》することがなければ、困ることはないだろう。

遺産を生活費に充《あ》てることもできるけれど、アルバイトをしているのは、いざというときのために預金を取っておきたいからだ。この先、怪我《けが》や病気をしないとも限らない。

それにバイト先の弁当屋は昔からの顔馴染《かおなじ》みだったのでシフトに融通《ゆうずう》を利《き》かせてもらえるし、朝は弁当を作ってくれ、帰りにはその日の残りの惣菜《そうざい》を持たせてくれる。そういった意味でも色々と手助けしてもらっていた。

（一人の時間を減らしたいってのもあるけど……）

もう涙《なみだ》を流すことはないけれど、どうしようもなく孤独《こどく》を感じるときがある。家の中の静けさを一人堪《た》え忍《しの》ぶよりは、誰かと一緒に過ごしていたほうがずっといい。体を動かしていれば、余計なことを考えずにすむ。

「偉《えら》いんだな」

「そんな、別に大したことしてるわけじゃないですよ」

ロイの言葉に苦笑《くしょう》する。惺は『可哀想《かわいそう》に』と同情されるのが好きではない。それなりに大変ではあるけれど、周りの人たちは親切だし、自分が不幸だと思ったことは一度もない。家族との別れが少し早かっただけの話だ。

「身の回りのことを全部自分でしてるんだろ？　俺なんて十代の頃《ころ》は野球しかしてなかったよ。だから、尊敬する」

「全部ってわけじゃないです。食事はバイト先からもらってきたおかずですし、近所の人も色々手を貸してくれてますし」

「しっかりしてるだけじゃなくて、優《やさ》しいところも惺のいいところだ。俺は君の優しさに助けられた」

「そんな、僕は普通《ふつう》のことをしただけですし……」

「普通は困ってる外国人なんかと関《かか》わろうとはしないよ。難を云えば、見知らぬ男を簡単に家に上げるなんて不用心だが、俺は助かった。本当に感謝してる」

ストレートに褒《ほ》められることが気恥《きは》ずかしく、惺は思わず小さくなる。

「もし、あのときぶつかったのが惺以外だったら、こんなふうに自宅に招いて雨宿りをさせてくれたとは思えないけどな」

「そ、そんなことないですよ」

自分でもお人好《ひとよ》しなところがあることは自覚しているけれど、ことさら感激されるようなことをしているつもりもない。自分ができる範囲《はんい》のことをしているだけだ。

「街で道を訊《き》こうとしても、曖昧《あいまい》に笑って立ち止まってくれない人ばかりだった。興味を示すやつはロイ・クロフォードだと指をさしてくるだけだったしな」

誰も足を止めてくれなかったのは、ロイがあまりに近寄りがたい容姿をしているせいもあったかもしれない。この顔で見つめられたら、どうしたって落ち着きがなくなってしまう。

「あー……多分、それはあなたが外国人だからですよ」

「人種が関係あるのか？」

ロイが表情を曇《くも》らせたため、急いで理由を説明した。

「いえ、人種がどうこうじゃなくて、日本人は英語が苦手な人が多いんです。どうしても気後《きおく》れしちゃうみたいで……。僕は小さい頃、アメリカに住んでて英会話には慣れてるから」

普段《ふだん》使っていないため、以前ほどは話せなくなっているけれど、日常会話を聞き取るぶんには問題ない。中学校に上がる直前に日本に帰ってきたため、当時は日本の学校の空気になかなか馴染めなくて苦労した。

「そうだったのか！　どこに住んでたんだ？」

アメリカにいたと云うと、ロイは目を輝《かがや》かせた。共通の話題があるとわかって、嬉《うれ》しいのかもしれない。

「NYです。父の仕事の関係で。五年くらい前に日本に帰ってきたんです」

「俺は試合でよく行ってるよ。五年前にいたってことは、もしかしたらどこかで慎とすれ違《ちが》ってたかもな」

あんなにたくさん人がいる中でニアミスをしていた可能性など皆無《かいむ》に等しいだろうと思った

けれど、ロイが嬉しそうにしているので云わないでおいた。

帰り道で聞いた説明によると、『ブラックラビッツ』は西海岸を本拠地《ほんきょち》にしているチームらしい。ロイ自身はいい成績を残しているのだが、チーム自体がなかなか勝てないのが悩《なや》みの種だそうだ。

「そういえば、ロイも日本語上手ですよね。誰《だれ》かに教えてもらったんですか？」

話し方が四角四面に学んだのではないような印象を受ける。自分のことを『私』ではなく、『俺』と云《い》う口調も滑《なめ》らかだ。日本語も流暢《りゅうちょう》だし、それなりに日本文化に通じているところもあるようだが、いったいどこで学んだのだろう？

「ああ、義理の母に教えてもらったんだ」

「義理のお母さん？」

「俺が惺くらいの歳《とし》の頃に父が再婚《さいこん》したんだ。その相手が日本人で、日本語は彼女から教えてもらったんだ。今回、一人で先に日本に来たのは彼女に頼《たの》まれたことがあるからなんだ。——そう考えると運命かもな」

「え？」

ロイの口から出てきた単語に首を傾《かし》げる。意味がよくわからない。

「いまこうして日本にいるのも、パパラッチに追われていたのも、惺に会うためだったのかもしれない」

「なっ……大袈裟《おおげさ》ですよ。そんなの、偶然《ぐうぜん》に決まってるじゃないですか！」

ものすごい確率の偶然であることは確かだけれど、運命というほど大それたものだとは思えない。それにしても、いちいちロイの物云いは意味深な響《ひび》きがあってドキドキしてしまう。

これはきっと文化の違いだ。アメリカ人は日本人よりも大袈裟なはっきりした物云いを好む。そのせいだと思いたい。しかし、ロイに真面目《まじめ》な顔でこんなことを云われたら、女性なら誰だって勘違《かんちが》いしてしまうのではないだろうか。

「そうかな？　偶然だったとしたら、その偶然を作ってくれた神に感謝するべきだな。俺は悍と出逢《であ》えて、本当によかったと思ってる」

「そ…そうですか……」

もはや、ツッコミを入れる気にもなれない。この話を続けられるのも気まずいため、自分から話をはぐらかしてしまう。

「あっ、そうだ、いまお茶淹《い》れますね！」

「そんなに気を遣《つか》わないでくれ。雨を凌《しの》がせてもらっているだけで充分《じゅうぶん》だ」

ロイはそう云ってくれたけれど、自分から招いておいて、ただ待たせておくのも失礼だ。祖母が生きていたなら、気が利かないと叱《しか》られていただろう。

お茶の準備をしながら、何気なくロイに話しかける。

「さっき、一人で先に日本に来たって云ってましたけど、他にも誰か来るんですか？」

「もちろん試合に合わせて、他の選抜《せんばつ》メンバーが来る」

「あ、そっか、日米交流戦があるって云ってましたよね！」

惺の様子にロイが苦笑する。

「本当に興味がないんだな」

「す、すみません。野球は、その、苦手なので……」

苦手という云い方も正しくはないかもしれないけれど、意識的に避《さ》けているのは確かだ。それには理由がある。

中学一年の時に、父が知人からプロ野球の試合のチケットをもらってきた。

ちょうど、その日は惺の誕生日だったため、久々に家族三人で出かけることになったのだが――球場に向かう途中《とちゅう》、事故に巻き込まれ両親を亡《な》くしたのだ。

惺は母に庇《かば》われ、奇跡《きせき》的に軽傷ですんだが、それ以降、野球が見られなくなってしまった。否応《いやおう》なく、辛《つら》い記憶《きおく》が蘇《よみがえ》ってきてしまうから。

だが、そんな事情をロイに話す必要はない。云えば、また気遣《きづか》わせてしまうだけだ。

「そうか、それは残念だ。せっかくだから惺に試合を見に来てもらいたかったんだが……まあ、気乗りしないようなら無理にとは云わない」

「ホントごめんなさい」

「惺が謝る必要がどこにあるんだ。興味がなかったんだから、それは仕方のないことだろう。

これから知ってくれると嬉しいけどな。むしろ、いまは惺が俺のことを知らないでいてくれてよかったと思ってる」

「どうしてですか？」

「何も知らなければ、メジャーリーガーの『ロイ・クロフォード』じゃなくて、俺自身を見てもらえるだろう？　こういう立場になると、先入観なしに人付き合いをするのは難しい。だから、惺と出逢えたことは貴重なことなんだよ」

「………」

お茶を運んでいったらロイに微笑《ほほえ》みかけられ、じん、と胸が熱くなった。リップサービスも含《ふく》まれているだろうが、その言葉にはロイの苦悩《くのう》も滲《にじ》んでいるように思えた。

「俺の友達になってくれるか？」

「あ、はい、僕なんかでよければ。あっ、日本茶、苦手だったらすみません。うち、コーヒーとかもなくて……」

お茶を出してから、ロイの口に合わないのではないだろうかと思い至った。祖母と暮らしていたせいか、どうも嗜好《しこう》が年寄りくさいようなのだ。

「ありがとう。大丈夫《だいじょうぶ》、コーヒーより日本茶のほうが好きなんだ。義母《はは》がよく淹れてくれてたんだ」

ロイにお茶を出したあと、仏壇《ぶつだん》にもお茶を供え、線香《せんこう》を立てた。小さく「ただいま」と声をかけたそこには、両親と祖父母の位牌《いはい》を納めてある。

「それは何だ？」

見慣れない仏壇に興味を持ったようで、ロイはしげしげと眺《なが》めている。改めて訊《き》かれると、どう説明していいか悩んでしまった。

「うーん、亡くなった家族をお参りするためのものって云えばいいのかな。おはようとかただいまとかって声をかけるようにしてるんです」

宗派などはよくわからないけれど、祖母に教えられたとおり、毎日手を合わせ水を換《か》えるようにしている。祖母はことあるごとに云っていた。お父さんもお母さんも悝のことを見ていてくれているから、と。そう教えると、ロイも見様見真似《みようみまね》で手を合わせてくれた。

「そうか。こう、手を合わせればいいのか？」

「はい、そうです。僕も実は正式な作法とかはわからないんですけど」

ぎこちない様子だったけれど、礼を尽《つ》くそうとしてくれるロイの気持ちは嬉《うれ》しかった。

ふと見ると、ロイは仏壇の前で正座をしていた。大丈夫だろうかと心配していたら、案の定、一分も経《た》たないうちに音を上げた。

「もう限界だ！　どうして日本人は長い時間、正座をしていられるんだ？」

悶絶《もんぜつ》しているロイの様子に、我慢《がまん》しきれず吹《ふ》き出してしまう。

「僕だって、すぐ痺《しび》れてきますよ。慣れれば長く座ってられるみたいですけどね。しばらく放《ほう》ってておけば治りますから」

　しばらく辛そうにしていたロイだったが、足を投げ出しているうちに痺れが治まったようだった。恐《おそ》る恐る足の裏を自分でさすりながら、惺に問いかけてきた。

「そこの写真に写ってる人たちが、惺の家族か？」

「はい。僕が小学生のときに撮《と》った写真です」

「優《やさ》しそうな両親だな。二人とも、笑った顔が惺とよく似てる」

「そうですか？」

「ああ、笑うと目尻《めじり》が下がるところと、この口の形が惺と同じだ。ほら、歯がちょっと見えてるだろう？」

　ロイは父の目元と母の口元を指して云った。

「自分では全然気づきませんでした」

　初めて知る自分の癖《くせ》を教えられ、亡き両親から新たな贈《おく》りものをもらったような気分になった。母に似ているとはよく云われたけれど、父とは似ていないとばかり云われていたから、ロイの指摘《してき》は嬉しかった。

「普段《ふだん》、自分の顔はあまり観察しないしな」

「あ、あんまり見ないで下さい」

　まじまじと見つめられ、思わず顔が熱くなる。きっと、ロイにもわかるくらい赤くなっているだろう。恥《は》ずかしさから顔を背《そむ》けると、ロイは不思議そうに訊いてきた。

「どうして？」

「恥ずかしいからですよ！　ロイみたいに綺麗《きれい》な顔ならいいけど、僕なんて……」

「惺だって可愛《かわい》いじゃないか。顔が小さくて、目がくるくる動いて、家にあるくまのぬいぐるみみたいだ」

「そ、そうですか…？」

褒《ほ》められているのはわかるけれど、ロイの比喩《ひゆ》はよくわからない。美醜《びしゅう》について語っているというよりは、自分より小さいものを愛《め》でている感覚のような気もする。

可愛いと云《い》われても嫌《いや》な気がしないのは、相手が比べものにならないほど逞《たくま》しく、太刀《たち》打《う》ちできないほど完璧《かんぺき》な容姿をしているからだろう。

「ああ、さっきは思わず目を奪《うば》われたよ。この黒髪《くろかみ》だって絹のように美しいし、肌《はだ》だって陶器《とうき》のようだ」

「ろ、ロイ……？」

ロイは髪や頬《ほお》を好きに触《さわ》ってくる。髪を指で梳《す》かれる感覚も、頬を指の背で撫《な》でられる感《かん》触《しょく》も少しも嫌ではないけれど、何故《なぜ》か肌がぞくぞくと震《ふる》えてしまう。

（またドキドキしてきた……）

じっと見つめてくるロイに視線を搦《から》め捕《と》られ、惺のほうも目が離《はな》せなくなってしまう。さっきは暗くてわからなかった瞳《ひとみ》の色は、澄《す》んだ青だった。海の中から空を見上げたときの青さに似ている。

いままでは芸能人に騒《さわ》ぐ同級生を不思議な気持ちで見ていたけれど、いまなら彼らの気持ちがわかる気がする。美しいとしか云いようのない容貌《ようぼう》には見蕩《みと》れてしまう。

思わずうっとりとロイの顔に見入っていたけれど、ふと風呂《ふろ》を沸《わ》かしている最中だということを思い出した。

「そうだ、お風呂！」

全自動ではないため、止めにいかなければお湯が溢《あふ》れてしまう。惺は気恥ずかしさを振《ふ》り払《はら》うように、慌《あわ》てて立ち上がった。

（……ロイが綺麗すぎるからいけないんだよな）

彼の一挙一動をヘンに意識してしまう。こんなふうにドキドキするのは、あの整った顔のせいに違《ちが》いない。あれだけ綺麗なら、誰《だれ》だって見蕩れてしまうはずだ。惺はそう自分を納得《なっとく》させ、胸の奥底にある不安をもっと奥へと押し込めた。

「これでサイズ大丈夫かなぁ……」

ロイが風呂に入っている間に、コンビニエンスストアに行って替《か》えの下着を買ってきてみた。着替える服もあればと探してみたのだが、さすがに彼の体に合うようなものは売っていなかった。彼の長身と鍛《きた》え上げられた肉体は、日本人向けのLサイズでは入りきらないだろう。

かと云って、家に着られるものがあるとは思えない。一番手っ取り早いのは、ロイが着ていたスーツをさっさと乾《かわ》かしてしまうことだ。

しかし、洗濯機《せんたくき》で乾燥《かんそう》をかけたら、生地《きじ》がどうなるかわからない。せいぜい、ドライヤーを使って自然乾燥を助けることくらいしかできなさそうだ。

「……仕方ない」

あまり使っていなかったドライヤーを引っ張り出してきて、壁《かべ》にかけたスーツを乾かしていると、風呂場からロイの声が聞こえてきた。

「悍、本当にお湯は流さなくていいのか？」

「あっ、はい！　そのままにしておいて下さい」

ロイがこんなに早く上がってくるとは思わなかったので、あたふたとしてしまう。服も乾いていないし、代わりの着替えも用意できていない。そうこうしているうちに、脱衣《だつい》所のドアが開く音がした。

「すみません、まだ服乾いてなくて――、……っ！」

止める間もなく居間に現れたロイから、悍は勢いよく目を逸《そ》らした。腰《こし》にタオル一枚巻いただけの格好で、惜《お》しげもなくその肉体を晒《さら》している。

鍛え上げられた体はまるで彫刻《ちょうこく》のようで、これがポスターか何かだったら見蕩れていたかもしれない。しかし、生身がすぐそこにある状態では直視などできない。

（ロイのこと、さっきから意識しすぎじゃないか…？）

同性の裸《はだか》なのだから、とくに意識する必要はないはずなのに妙《みょう》にドギマギしてしまう。ロイのフェロモン剝《む》き出しのセミヌードは刺激《しげき》が強すぎた。

「ちょ、ちょっと待って下さい。いま着替えになるものを探してきます…っ」

「気にするな。服が乾くまでこのままでいい」

「僕がよくないです！」

言葉を返すのももどかしく、惺は押し入れの中を必死に探す。この際、デザインは多少古くてもかまわないから、何かロイが着られるものがないだろうか。

収納ボックスをいくつも開けて、ようやく祖父が生前に着ていた浴衣《ゆかた》を見つけた。祖母がどうしても捨てられないと云って、取っておいたものだ。

祖父は昭和初期の生まれのわりに大柄《おおがら》な人だったから、惺の服よりはまだ大きい。それでもロイの体に合わせたら丈《たけ》は短いだろうけれど、何も着ていないよりはましだろう。

「これ着て下さい。サイズは小さいですけど、浴衣だからどうにかなると思うんで。あと、下着も買ってきました。この際、柄は気にしないで下さい」

目を背けたまま、浴衣と買ってきたばかりの下着を押しつける。

「着物か？　悪くないな、こういうのも」

惺の動揺《どうよう》などつゆ知らず、ロイは無邪気《むじゃき》に喜んでいる。惺は背中を向け、ロイが浴衣を身につけるのを待つ。

「早く着て下さい！」

「わかったよ。これはバスローブと同じように着ればいいんだよな？　こうでいいのか？」

訊《たず》ねられたため振り向いて見てみると、合わせが逆でいまにもはだけてしまいそうな着方をしていた。裾《すそ》の長さが足りないせいで、臑《すね》が剝き出しになってしまっている。帯の位置もやけに高く、まるで子供の浴衣だ。

「ええと、それじゃ合わせが逆です」

「あわせとは何だ？」

「襟《えり》の向き…というか、重ねる順番が反対なんです」

「反対？」

「いいです、僕が直しますから！」

ロイには意味がわからないらしく、仕方なく惺が直すことにした。裸ではないのだから、気にしなければいいのだろうが祖母に躾《しつ》けられた惺には無視できない。

直視しなければいいのだと自分に云い聞かせながら、合わせを開いてぎょっとした。下着を

つけていると思ったのに、浴衣の下は全裸《ぜんら》だった。

「……ッ!!」

思わず目に入ってしまったものから、再び思い切り視線を逸らす。しかし、一瞬《いっしゅん》だったけれど、ばっちり見てしまった。髪が金髪《きんぱつ》だとあそこも金髪なんだなと、動揺している頭の隅《すみ》でつい考えてしまう。

(そういう問題じゃなくて!)

心の中で自分を叱《しか》りつけつつ、少しも気にしていないロイにもどかしく叫《さけ》んだ。

「パンツくらい穿《は》いて下さい!」

「ああ、すまん。これがそうか。普段《ふだん》、家では眠《ねむ》るときに下着なんてつけないからな」

ロイの爽《さわ》やかな返答に、内心で肩《かた》を落とす。自分の家でどんな格好をしていようがかまわないけれど、ここにいる間くらいは少し恥《は》じらいというものを持って欲しい。

パッケージを破る音が聞こえたのを確認《かくにん》したあと、状況《じょうきょう》を確かめる。

「は、穿けましたか?」

「ああ、何とか入った。で、この着物はどうすればいいんだ?」

恐《おそ》る恐る振り返り、下着をつけているのを見てほっとする。

「右が内側にくるように襟を合わせるんです。帯は腰骨《こしぼね》の上辺りで結んで下さい」

できるだけロイの体を見ないようにしながら、浴衣を直してやる。サイズが合っていない以上、格好がつかないのは仕方ない。とりあえず、温泉宿の宿泊《しゅくはく》客程度の見栄《みば》えにはなった。

（ちゃんと仕立てたのなら、きっと似合うのに）

金髪で肌が白く、胸板《むないた》も厚いから、濃紺《のうこん》の浴衣など似合うだろう。そんな姿を想像したら、また鼓動《こどう》が速度を上げ始めた。

「顔が赤いけど、どうかしたか？」

「な、何でもないです！」

思わず声がひっくり返ってしまった。顔を見られないようにと、慌ててロイに背中を向ける。

云《い》い訳を探そうとしたけれど、動揺しているせいで頭が働かない。

（どうしちゃったんだろ、僕）

今日の自分は、どこかおかしい。意味不明な妄想《もうそう》をしたり、急に心拍数《しんぱくすう》が上がったり、顔が熱くなったり。普段の自分からは考えられないくらい、落ち着きをなくしている。

一人でおろおろとしていたら、不意に肩に手をかけられ、びくりと反応してしまった。

「わ…っ」

「悍？」

「すみません！　僕、いま何だかヘンなんです。あの、あんまり見ないで下さい……」

意識しすぎているせいで、ロイに見つめられるだけで体温が上がっていく。触《ふ》れられている部分がとくに熱い。全身の神経が、彼に向かっているみたいだ。

『今日』が特別おかしいのではなく、ロイと一緒《いっしょ》にいるから過剰《かじょう》な反応をしてしまうのだと気がついた。その瞬間《しゅんかん》、胸の奥に押し込めていた不安が蘇《よみがえ》ってきた。高鳴る鼓動の意味が変わり、頭からは血の気が引いていく。

「どういうことだ？」

「ご、ごめんなさい、その、多分、僕おかしいんです」

「何を云ってるんだ。惺におかしいところなんて、どこにもないじゃないか」

急に謝り出した惺に、ロイは不思議そうにしている。彼を意識すればするほど、罪悪感が募《つの》っていった。とにかく、この場をどうにかごまかさなければ。自分の動揺の理由を深く追及《ついきゅう》されるわけにはいかない。

そういった意味で意識していると知ったら、ロイだって不快に思うはずだ。しかし、ロイは云い訳の言葉を探していた惺に、鋭《するど》く切り込んできた。

「違《ちが》ったらごめん。もしかして、男に興味ある？」

「ち、違…っ」

ロイの言葉に、一瞬で胸が冷える。足下《あしもと》がぐにゃりと曲がったような、そんな錯覚《さっかく》に陥《おちい》った。

だが、ロイは優《やさ》しく微笑《ほほえ》み、頭を撫《な》でてくれる。

「大丈夫《だいじょうぶ》だよ、惺を責めたいわけじゃない。少し気になっただけだ」

「ぼ…僕は……」

「全然興味ない？」

否定しようとしたけれど、真面目《まじめ》な声で問われて揺《ゆ》らぐ。本来なら、縁《えん》もゆかりもないはずのロイが相手なら、話してみてもいいような気がした。

「……わかんない。そうなの、かな……」

実はずっと悩《なや》んでいた。親友が好きな女の子の話をしているのを聞いて、微笑ましく思うけれど、『惺はどんな子が好み？』と聞かれるたびに困っていた。

いままで女の子に興味を持ったことはないし、クラスメイトが見ているアイドルのグラビアを見ても少しも心を動かされない。

女の子に興味を持てない自分に気づいたのは、高校に入ってからだ。もしかしたら……という不安は常にあったけれど、できるだけ考えないようにしていた。

むしろ、カッコいい同性の先輩《せんぱい》などに目が行ってしまう。ロイを強く意識してしまうのだって、同じような感覚だ。

(僕、絶対ヘンなんだ)

普通《ふつう》の人とは違うから、ロイにもこうして気づかれたのだろう。自己嫌悪《けんお》に陥り、暗い顔をしている惺の頭をロイがぽんぽんと撫でてくれた。

「もし、そうだとしても気落ちすることはない。悪いことではないんだから」

「でも……周りはみんな女の子好きだし……」

「周りに同じような性癖《せいへき》の人間がいないからって、それがおかしいこととは限らないだろう。俺だって、バイセクシャルだしな」

「え…⁉」

突然《とつぜん》の告白に思わず驚《おどろ》きの声を上げてしまった。こともなげに云っているけれど、それこそパパラッチなどに伝わったら大変なことになるのではないだろうか。

「男だろうと女だろうと、人を好きになる気持ちに変わりないだろ。と云っても、俺はまだ運命の相手には出逢《であ》えてないんだが」

「は、はあ……」

深刻さの欠片《かけら》もないロイの言葉に、沈《しず》んでいた気持ちが少しだけ軽くなる。

「とりあえず試《ため》してみるか？」

「試すって？」

ロイが何を云っているのかわからず、首を捻《ひね》る。

「だから、俺で試してみないかって云ってるんだ。自分がどうなのか、はっきりさせておいたほうが気が楽になるんじゃないか？」

「え⁉ あの、でも」

とんでもない申し出に、思わず固まる。だけど、ロイは余裕《よゆう》の笑《え》みでさらに問いかけてきた。

「興味ない？」

「……っ」

そう問われ、『ない』とは云いきれず黙《だま》り込んでしまう。そんな惺の気持ちを見抜《みぬ》いたのか、いきなり後ろから抱《だ》き竦《すく》められた。

「俺の体には興味があるように見えたけど」

「それは――」

「触《さわ》ってみる？　それとも、触られるほうがいい？」

「あの、僕はそんな、あ……っ」

するりと脇腹《わきばら》を撫で上げられて、ヘンな声が出てしまった。ロイは服の上から、惺の体を撫で回してくる。

「や、待っ……あ……っ」

「嫌《いや》だったらすぐにやめる」

ロイは首筋に唇《くちびる》を押し当て、皮膚《ひふ》を吸い上げた。その感触《かんしょく》に背筋がぞくぞくと震《ふる》える。

抱き竦められているだけでもドキドキしているのに、明確な意思を持って触られたら否応《いやおう》なく反応してしまう。怖《こわ》いと思う自分もいるのに、好奇心《こうきしん》にはどうしても勝てなかった。

「最初は誰《だれ》だって怖い。でも、自分に素直《すなお》になったほうが気持ちも楽になる」

熱を持ち始めた場所をズボンの上からやんわりと撫でられ、小さく息を呑《の》む。

「……ッ」

ロイの指先は硬《かた》くなりつつある悍の昂《たか》ぶりの形をなぞりながら、こめかみに唇を押し当ててきた。柔《やわ》らかく温かい感触に、ぞくぞくと頭の芯《しん》が痺《しび》れる。

(やっぱり、僕ってこっちの人間だったのかも)

男らしい太い指に自分の体を探《さぐ》られても、嫌悪感《けんおかん》や不快感のようなものは一切《いっさい》湧《わ》いてこない。それどころか、背中に当たる逞《たくま》しい胸板の感触を強く意識してしまう。

「あの…っ、もう、やめ…て、下さ……っ」

「男に――俺にこうされてるのは嫌か?」

「嫌じゃ、ないです、でも、もうわかりましたから……っ」

確認《かくにん》のためなら、もう充分《じゅうぶん》だ。これ以上続くと、のっぴきならない状態になってしまう。

ロイの腕《うで》の中からどうにか逃《のが》れなければと思うのに、体に力が入らない。むしろ、立っていることさえやっとだ。

「嫌でないなら俺に任せてろ」

「え? あの、任せ…って……」

ロイはその場に腰《こし》を下ろし、悍を横抱《よこだ》きに膝《ひざ》の上に乗せると、太い指は器用にベルトを外して、ホックを弾《はじ》いた。緩《ゆる》められたウエストから、大きな手が中に忍《しの》び込んでくる。

「ちょっ、待っ…そこまでしなくていいです!」

「このままじゃ苦しいだろう? 大丈夫、すぐに終わらせる」

「すぐって――あ、ん…っ」

直《じか》に性器に触れられる感触に、頭の中が煮《に》えたぎる。自分のものを弄《いじ》られているところを見ていられなくて、ロイの胸に顔を埋《うず》めた。

こんなこと、気軽にしていいことじゃない。そうは思っても、何故《なぜ》かロイを拒《こば》めなかった。

（どうしよう…気持ちいい……）

初めこそ恥《は》ずかしさのほうが強かったのに、だんだん快感に流されていく。

体液の滲《にじ》む先端《せんたん》の窪《くぼ》みを爪《つめ》で軽く引っ掻《か》かれると、びくんっと腰が跳《は》ねた。自らで慰《なぐさ》めるのとは比べものにならないほど感じてしまう。

「あ、ぅん……っ」

「こうすると感じる？」

「ん…っ、う、ん……っ」

問いかけにこくりと頷《うなず》く。ロイの青い目に見つめられると、魔法《まほう》をかけられたみたいに素直になってしまう。

「もっと声を出して。俺しか聞いてないんだから」

「ぅあ…っ、あ、あ！」

「可愛《かわい》いな、惺」

張り詰《つ》めた昂ぶりを下着の中から引き出され、さっきよりも大きく扱《しご》かれる。その淫《みだ》らな光景に一層体温が上がっていった。

「あっ、や、ぁ…っ」

「これは嫌か？」

「やじゃない、けど、恥ずかし……っ」

誰にも触れられたことのない場所を弄られ、そこを昂ぶらせている。そんな自分が恥ずかしくてたまらないのに、もっとして欲しいと思っている自分もいる。

「じゃあ、これは？」

「⁉」

背中を支えてくれていた手で顎《あご》を持ち上げられたかと思うと、次の瞬間《しゅんかん》、唇を塞《ふさ》がれていた。

（キス、されてる――）

思わず目を瞠《みは》ったけれど、唇を啄《ついば》まれる気持ちよさに、頭の中がぼうっとしてくる。

アメリカにいるときに、挨拶《あいさつ》での頬《ほお》へのキスは何度もされた。唇へのいわゆるファーストキスも、ませた同級生の女の子に一方的に奪《うば》われてしまった。けれど、ロイのキスは全然違《ちが》う。触れているだけでも体が甘く震え、芯から溶《と》かされていくかのようだ。

「ぁ、んん」

甘やかすような口づけと昂ぶりに絡《から》みついた指の動きが、慢を限界へと追い込んでいく。ロイが云《い》ったとおり、終わりはすぐそこに見えていた。

「や、ロイ、放し…っ、もう出ちゃ……っ」

「いいよ、出して」

衝動《しょうどう》を堪《こら》えようとするけれど、ロイの指は巧《たく》みに解放を唆《そそのか》してくる。すでに崩《くず》れかけている理性など、少しも頼《たよ》りにはならなかった。

「やだ、やぁ…っ」

「大丈夫《だいじょうぶ》。全部受け止めるから」

「あっ、ダメ、あっあ、あ——…ッ」

ロイの手の中で、惺はあっさりと果ててしまった。濡《ぬ》れた手で尚《なお》も扱かれ、残滓《ざんし》すら搾《しぼ》り取られる。下肢《かし》は快感の余韻《よいん》に震え、上がりきった呼吸はなかなか治まらない。

頭の中が真っ白で、何も考えられない。気怠《けだる》い心地《ここち》よさに身を委《ゆだ》ねていたら、ロイが顔を覗《のぞ》き込むようにして訊《き》いてきた。

「どうだった？」

「え……？　どうって——」

しばらく呆然《ぼうぜん》としていたけれど、そのロイの問いで一気に我に返った。簡単に乱れてしまった自分が恥ずかしく、かーっと頭に血が上る。

「あ、あの、僕…っ」

「ま、これだけ出てるってことは悪くはなかったみたいだな」

「……ッ、す、すみませんでした…っ」

汚《よご》れた手の平を見せられ、いたたまれなさで死にそうになる。羞恥《しゅうち》で居ても立ってもいられなくなり、転げ落ちるようにしてロイの膝の上から逃《に》げ出した。

「惺!?」

ロイの呼びかけを振《ふ》り払《はら》うかのように、覚束《おぼつか》ない手つきで乱れた衣服を直しながら、風呂場《ふろば》の脱衣《だつい》所に駆《か》け込む。一人になって、一刻も早くこの火照《ほて》る体を冷ましたかったのだ。しかし、体中が鼓動《こどう》に合わせてズキズキと疼《うず》いていて、呼吸もなかなか落ち着かない。

(僕、いったい何して……っ)

ドアに鍵《かぎ》をかけ、へなへなとそこに崩れ落ちた。そして、火が噴《ふ》きそうなほど熱くなっている顔を膝に埋め、叫《さけ》び出したいような衝動を無理矢理《むりやり》抑《おさ》え込む。

惺はあまりにも簡単に快感に流されてしまった自分に動揺《どうよう》しきっていた。ロイに悩《なや》みを見抜《みぬ》かれてしまったとは云え、今日初めて会ったような人とあんなことをしてしまうなんて。

「惺、大丈夫か?」

「だ、大丈夫です!　ちょっとびっくりしただけで……」

惺を追いかけてきてドア越《ご》しに心配してくるロイに、ムキになって云い返す。

本当はまだ心臓も落ち着かないし、頭の中は羞恥に煮えたぎっていて、いまにも卒倒《そっとう》してしまいそうだった。到底《とうてい》、いまはロイと顔を合わせられそうにない。体のあちこちに、まだロイの感触が生々しく残っている。

息を吸えば口づけの柔らかさが蘇《よみがえ》り、絡みついていた指の動きまで思い出してしまう。生まれて初めて味わった快感が、頭から離れない。

「すまなかった、調子に乗りすぎた」

別に嫌だったわけじゃない。ただ、どうしようもなく恥ずかしいだけだ。そして、悍はそんな自分にも戸惑《とまど》いを隠《かく》せなかった。

「僕のほうこそヘンな相談しちゃって、すみませんでした」

「いや、俺が悪かった、悍。あんなこと、気安くするようなことじゃなかったよな」

ロイにとっては、あれくらいの行為《こうい》など大したことではないのだろう。だからこそ、試《ため》してみないかと持ちかけてきたのだ。恥ずかしく思っているのは自分ばかりで、取り立てて騒《さわ》ぐほどのことでもない。

「僕は本当に大丈夫ですから！　あの、お風呂入るんで、あっちで待っててもらえますか？」

「……わかった」

強く云うと、ロイはドアの前から離れていった。遠ざかる気配に、ようやく肩《かた》の力を抜《ぬ》く。

(何てことしちゃったんだろ……)

できることなら、好奇心《こうきしん》に背中を押された瞬間に、自分を止めに戻《もど》りたい。だけど、制止されたところで、あの快感に抗《あらが》えたかどうか、自信が持てなかった。

2

「……失礼します」

朝起きて、和室に様子を窺《うかが》いに行くと、ロイは熟睡《じゅくすい》していた。

雨宿りだけのつもりだったが、深夜になっても雨が止《や》まなかったので、結局ロイは惺の家でご飯を食べ、泊《と》まっていったのだ。

「ロイ…？」

「……ん……」

足がはみ出してしまっているのは元からだが、いまは上掛《うわが》けがはね飛ばされ、浴衣《ゆかた》はすっかりはだけている。ずいぶんと寝相《ねぞう》が悪いようだ。

「あの、朝ですよー…？」

そっと声をかけてみるけれど、夢の中のロイには届いてはいないようだ。しかし、こんなに気持ちよさそうに眠《ねむ》っているところを起こすのは忍《しの》びない。来日したばかりのようだし、きっとまだ時差ボケも残っているのだろう。

そのため、惺はロイをこのまま寝《ね》かせておくことにした。はだけた襟元《えりもと》をそっと直し、上掛けを体にかけてから客間をそっとあとにする。

（……本当のことだったんだ）

後ろ手で襖《ふすま》を閉めながら、改めてそう実感する。昨夜のことは何もかも衝撃的《しょうげき》だった。だから、目を覚ました瞬間、全《すべ》て夢だったのではないかと思ったのだ。しかし、間違《まちが》いなく現実だったようだ。

あのあと、風呂に入って必死に体に残った感触《かんしょく》を消そうとしたけれど、いくら擦《こす》っても肌《はだ》がひりつくばかりだった。せめて気持ちの整理をしてから上がろうと、湯船で精神統一を試みても、結局は逆上《のぼ》せかけただけに終わった。

風呂から上がったあとも気まずさは拭《ぬぐ》えなかったけれど、ロイに気遣《きづか》わせるのも申し訳なくて、必死に平気なふりをした。

それに惺の頭の中からあの行為のことを消し去るよりは、ロイに忘れてもらったほうが早い。どうせ、次の日になればロイは帰る。そうすれば、二度と会うこともないだろう。

そんな惺の気持ちを察してくれたのか、ロイのほうから話を振ってくることはなかった。空元気に明るく振る舞《ま》い、二人で食事をして、当たり障《さわ》りのない会話をしながら夜を過ごした。

「……嵐《あらし》みたい」

ロイはまるで嵐のようだ。

昨夜の風雨のように前触《まえぶ》れもなく訪《おとず》れ、あらゆるものを掻《か》き回して去っていく。その代わりに残されるのは、どこまでも澄《す》んだ青空だ。

荒療治《あらりょうじ》とも云《い》える行為のお陰《かげ》か、惺は幾分《いくぶん》開き直ることができていた。

同性も恋愛《れんあい》対象になる性癖《せいへき》なのかもしれないが、ロイの云うとおり、相手の性別が何であれ、まず人として好きにならなければ何も始まらない。逆に云えば、男女だからといってすんなり上手《うま》くいくとも限らないのだから。

「あっ、やばい、仕度《したく》しないと！」

月曜の朝に、いつまでものんびりしていられるような時間の余裕《よゆう》はない。このままでは、いつも乗っている電車に間に合わなくなってしまう。

我に返った惺は、慌《あわ》ただしく自室へ着替《きが》えに戻った。


（まだ寝てるのかな……）

電車を降り、駅から高等部の校舎への道のりを歩きながら、ロイの寝顔を思い出す。起きているときは過剰《かじょう》なほど大人の色気を振りまいているくせに、眠っているときはまるで少年のような顔だった。

家を出なければいけない時間になってもロイが起きてこなかったので、惺は仕方なくメモを残していくことにしたのだが、ロイは気づいてくれただろうか。

『玄関《げんかん》の横の植木鉢《うえきばち》の下に合い鍵があるので、出ていくときに鍵かけていって下さい』というメッセージと朝食用におにぎりを置いてきた。

昨夜から干しておいたロイの服は乾《かわ》いていたし、洗濯《せんたく》しておいたシャツにもアイロンを当てておいたから、外に出るぶんには問題ないだろう。

昨日出逢《であ》ったばかりの人間を留守宅に残していくのはよくないと云われそうだけれど、ロイは信じても大丈夫《だいじょうぶ》だと思って置いてきた。それは彼が有名人だからというわけではなく——そもそも、惺には本当に有名かどうかはわからない——、人柄《ひとがら》が信用できると判断したからだ。

きっと、ロイは惺が学校に行っている間に帰ってしまうだろう。もう顔を合わせることも話をすることもないのかと思うと、少し淋《さび》しい気がした。忘れて欲しいこともしてしまったのに、こんなふうに思うのは彼自身に惹《ひ》きつけられる何かがあるからだ。

家を出るのが遅《おそ》くなってしまったのは、ロイと別れがたい気持ちがあったからかもしれない。無理矢理に起こして、一言でもいいから言葉を交《か》わしてくれればよかった。

「森住、おはよう。今日は珍《めずら》しく遅いな」

「おはよ。ちょっと寝坊《ねぼう》しちゃって」

校舎の前で朝練を終えたばかりのクラスメイトとすれ違《ちが》った。

最寄《もよ》り駅から電車で一本のところにある、私立和泉野《いずみの》学園——それが惺が中等部から通っている学校だ。そして、亡《な》くなった父が学生時代を過ごした学校でもある。良家の子息が多く通っているせいか、のんびりとした校風が売りの男子校だ。

この学園に入学することになったのは、父の希望によるところが大きい。よき少年時代を過ごした母校に息子《むすこ》を通わせるのが夢だと幼い頃《ころ》から何度も聞かされた。

私立であるが故《ゆえ》、授業料はもちろん安くない。これからの生活のことを考え、両親を亡くしたときに公立への転校も考えた。けれど、このまま残ることを選んだのは、父の想《おも》いを汲《く》んでやれという祖母の説得があったからだ。

幸い、両親が成人するまで生活していけるだけの遺産を残してくれていたし、学資保険にも入ってくれていた。お陰で心置きなく学校に通うことができている。自暴自棄《じぼうじき》になりかけたときもあったけれど、いまはこの学校を父との接点の一つのように感じている。

ぼんやりと考えごとをしながら教室に入ると、親友の初瀬佑樹《はせゆうき》が声をかけてきた。

「おはよー。どうしたんだよ、今日はやけに遅いじゃん」

「あ、おはよう、佑樹」

佑樹は朝練のあとでお腹《なか》が空《す》いたのか、購買《こうばい》で売っているパンにかじりついていた。相変わらず、食欲旺盛《しょくよくおうせい》だ。身長は惺と大して変わらないけれど、運動をしているだけあって筋肉のつき方が違う。長い睫毛《まつげ》に縁取《ふちど》られた大きな瞳《ひとみ》は、小動物のようによく動く。

隣《となり》の席に座ると、残りのパンを口の中に押し込み、両手を合わせて頼《たの》んできた。

「頼む！　今日の範囲《はんい》の英訳教えて！　俺、あてられそうでさ」

「あ、そういえば、僕も予習やってないや」

昨夜はばたばたしていて、勉強どころではなかった。土日に宿題だけは終わらせておいたけれど、どの教科も予習まではできていない。

「マジで!? 惺が予習してこないなんてどうしたんだよ」

普段《ふだん》、予習復習を欠かさない惺が何もしてこなかったと聞き、佑樹は途端《とたん》に心配そうな顔になって詰《つ》め寄ってきた。佑樹は一人暮らしをしている惺を常に気遣ってくれるのだが、いささか過保護なところもある。同い年のくせに、兄貴分のつもりでいるのだ。

「昨日、ちょっと忙《いそが》しくて。でも、英訳ならすぐできるから――」

「体調悪かったわけじゃないだろうな? そういや、何か疲《つか》れた顔してるな。来るのも遅かったし、無理してるんじゃないか?」

「平気だって。体は何ともないから大丈夫」

佑樹と友達になったのは、中学一年のときに同じクラスになったことがきっかけだった。帰国子女ということで、入学当初からクラスで浮《う》いていた惺が、その輪の中に入れるようになったのは偏《ひとえ》に佑樹のお陰だ。

学校教育では個性を尊重しようなどと云われているけれど、子供同士の間でも目立てば異端《いたん》視《し》されるし、自己主張すると理屈《りくつ》っぽいだのウザいだのと云われてしまう。出すぎず、かつ大人しすぎず、空気を読むことが大事だ。

しかし、成長期にアメリカで暮らしていた惺は、その習慣になかなか馴染《なじ》めず苦労した。その上、同世代と話題が合わず、結局孤立《こりつ》してしまった。そんな惺に話しかけてくれたのは、佑樹だった。

惺と違って、明るく気さくな佑樹はすぐに友達ができていたけれど、何故《なぜ》か惺の面倒《めんどう》をよく見てくれた。初めは戸惑《とまど》いもしたけれど、佑樹とは不思議と馬が合いすぐにうち解けることができた。

以前、どうして自分に声をかけてくれたのかと訊《き》いたことがある。佑樹は「何となく気が合いそうだったから」と云ってくれた。興味を持っているものも性格も違うけれど、佑樹とは一緒《いっしょ》にいて居心地《いごこち》がいいし、会話のテンポも合う。いまではお互《たが》いが一番の親友だ。

「じゃあ、何か悩《なや》みごとでもあるのか?」

「うーん、あるような、ないような……」

「云いたくなきゃいいけど、何か困ってることがあるなら俺に相談しろよ」

相談しろと云われても、とくに何か困っているわけではない。ただちょっとだけ、誰《だれ》かに聞いて欲しい気持ちがあるだけだ。いま思えば、雨の中の出逢いはドラマチックとも云えるし、追われている男を匿《かくま》うなんて、昔見たハリウッド映画のようだ。

(まあ、話せないこともあるけど……)

自分が彼と釣《つ》り合うような大人の女性なら、恋《こい》が始まってもおかしくないシチュエーションだった。そう考えると、ロイが「運命だ」と云い出した気持ちもわからないでもない。

「ねえ、ロイ・クロフォードって知ってる？」

「知らないわけないだろ。メジャーのスーパースターだぜ。いま、一番騒《さわ》がれてる選手じゃん。でも、あの実力はブラックラビッツにはもったいないよな〜」

「そんなに有名なんだ……」

佑樹から返ってきた言葉に改めて驚《おどろ》く。日本でも有名だという、ロイの自己申告《しんこく》は正しかったようだ。偉《えら》そうなところは全然なかったけれど、確かに一般《いっぱん》人とはオーラのようなものが違った。そこにいるだけで自《おの》ずと注目させられてしまうような引力があった。

「今度の日米交流戦にも出るんだよな。で、クロフォードがどうかしたのか？」

ロイのことはあまり人に云《い》わないほうがいいだろう。噂《うわさ》になってしまったら、パパラッチに居場所を突《つ》き止められかねない。しかし、一人で抱《かか》えておくには大きすぎる秘密だ。

しかし、佑樹なら秘密を守ってくれるはずだ。

「……佑樹、誰にも云わないって約束してくれる？」

「うん？　惺が云うなって云うなら、云わないけど何？」

佑樹は声を落とした惺に合わせて、顔を寄せてくる。内緒話の体勢で、惺はこっそりと昨夜のことを打ち明けた。

「実はさ、昨日、ロイ・クロフォードに会ったんだ」

「は？」

声を潜《ひそ》めて話し出すと、案の定、佑樹は怪訝《けげん》な顔をした。

「だから、メジャーリーガーのロイ・クロフォードを、昨日のバイトの帰りに拾っちゃったんだってば。いまはウチにいると思う」

「……ごめん、よくわからなかった。もう一回云って。クロフォードの『何』を拾ったって？」

ますます訝《いぶか》しげな表情で、問い返してくる。佑樹は惺の云っていることを、なかなか呑《の》み込めないようだ。テレビの向こうにいるようなスーパースターと偶然《ぐうぜん》会ったと云われたって、普《ふ》通《つう》は冗談《じょうだん》としか思えないだろう。

「本人だよ」

「何笑えない冗談云ってんだよ。そんなの落ちてるわけ——って、マジなのか？」

佑樹は急に身を乗り出して訊いてきた。惺が冗談を云うような性格でないことは、佑樹が一番よく知っている。

「本当に本当なのか？」

「本当……っていうか、多分……」

念を押されると確信が持てなくなる。本物を知らないから、偽者《にせもの》かどうか判断もできない。はっきり云えるのは、悪い人ではないということくらいだ。

「それが偽者じゃないって云いきれるのか？」

佑樹はいまいち信じきれないらしい。だが、こういう場合どうやって証明したらいいのだろう。ロイの写真でもあれば話が早いのだが。

「そんなのわかるわけないよ。第一、知らなかったんだから」

「知らなかったって何を？」

「ロイ・クロフォードを。ウチにテレビないし」

「そうだった……」

「でも、IDにはちゃんと書いてあったよ？　あ、あと、すっごい美形だった！」

カッコいい、では言葉が足りない。女性なら『絶世の美女』と賞されるレベルに整った容姿だ。見た目だけでなく、彼を取り巻くオーラも不思議なカリスマ性があった。

「美形かぁ。確かにクロフォードはかなり顔がいいけど……あ！　ごめん日高《ひだか》、それちょっと貸して」

「いいけど、俺のじゃない。松田《まつだ》が買ってきたやつだから、あいつに返しといて」

「わかった、さんきゅ。ほら、惺、これ見てみろよ」

佑樹はスポーツ新聞を読んでいたクラスメイトから、それを借りてきた。

「何？」

今日発売のスポーツ新聞の一面には『ロイ・クロフォード、極秘《ごくひ》先行来日!?』と大きな見出しが躍《おど》っていた。大きく引き伸ばされた写真の主役は、間違《まちが》いなく惺が連れ帰った『ロイ』だ。『本国でもゴシップ誌を賑《にぎ》わせている彼がチームメイトたちよりも先に来日した真意は!?』などと思わせぶりに書かれている。他《ほか》のメンバーたちは揃《そろ》って明日に到着《とうちゃく》するらしい。

「本当に、このロイ・クロフォードか？」

「うん、同じ服着てるから、僕に会う前だと思う。パパラッチに追われて、ウチの近所まで来たみたい。でも、本当に有名なんだね」

タクシーに乗り込む瞬間《しゅんかん》を捉《とら》えた写真は、彼を追っていたパパラッチが撮《と》ったものなのだろう。ロイが本物だったことよりも、こんなふうに新聞の一面に取り上げられるほどの人だったということに、改めて驚いた。

「有名に決まってんだろ！　選手としてもすごいけど、しょっちゅうスクープされてるぜ？　相手は女優とかモデルとか、どっかのお嬢様《じょうさま》とか、そんなんばっかだよ」

「へえ、そうなんだ…」

ロイ本人は不実な印象はなかったけれど、メジャーリーガーという肩書《かたが》きに加えてあの容姿なら、相手はよりどりみどりだろう。

（やっぱり、僕にしたことなんて、きっと大したことじゃないんだろうな……）

惺にとっては世界がひっくり返ってしまいそうな出来事だったけれど、ロイにしてみたら、ただのボランティア、友達としての厚意《こうい》でしかなかったのだろう。そう思ったら、何故か一瞬ちくりと胸が痛んだ。

「しかし、また何で惺んとこにいるんだよ」

佑樹は一層声を小さくして、体を寄せてくる。惺も同じような小声で返した。

「記者の人たちから逃《に》げてたみたいで、雨の中で迷子になってたから……」

「ロイ・クロフォードが迷子!」

「こ、声が大きいって!」

驚きのあまり大声を出した佑樹を睨《ね》めつける。他の生徒たちや教師に知れて、騒ぎにでもなったら大変だ。

「ごめんごめん。でも、大丈夫《だいじょうぶ》だって。誰も、お前んちにクロフォードがいるなんて思わないだろうからさ。で、それより、帰りに惺んち行っていい? 生のクロフォード見てみたい」

「ウチに来るのはいいけど、僕らが帰る頃《ころ》にはロイも帰っちゃってると思うよ。僕が家を出るときはまだ寝《ね》てたけど、元々雨宿りしてもらうだけのつもりだったし」

ロイは一時的に避難《ひなん》していただけで、惺の家に滞在《たいざい》しに来たわけではない。泊《と》まっていってもらうことになったのは、夜半になっても雨が止《や》まなかったからだ。何か大事な用事があるみたいだし、目が覚めたらホテルに戻《もど》るだろう。

そう云うと、佑樹はがっかりした顔になった。

「連絡先《れんらくさき》とか訊いてないのかよ! 携帯《けいたい》のアドレスとかさ!」

「だって、僕は携帯持ってないし、アドレス聞いてもメールできないよ」

「だったら、電話番号とかでもいいじゃん！　もったいねーな！　せめてサインとかもらっておけばよかったのに！」

「そんなこと云ったって」

地団駄《じだんだ》を踏《ふ》むような仕草を見せる佑樹に苦笑《くしよう》する。けれど、これが一般的な反応なのかもしれない。ロイにあなたのことなんて知らないと云ったときの驚きの理由が、いまになって納得《なつとく》できた。

惺だって、また会えたらいいなと思う。でも、彼は生きている世界の違《ちが》う人だ。こちらから連絡なんか取ったって、迷惑《めいわく》になるに決まっている。昨日はもう顔なんか合わせられないと思っていたくせに、会えないとなると後ろ髪《がみ》を引かれてしまうなんて我ながら現金だ。

「じゃあ、もし帰ってまだいたら引き留めておけよ。電話くれたらすぐ惺んち行くから」

「いたらね」

「けどさ、泊めてやったんだから、頼《たの》めば試合のチケットくらいもらえたんじゃね？」

「うん、まあ、くれるとは云ったんだけど返しちゃった」

「何でそんなもったいない――あ、そっか、ごめんな、無神経なこと云って……」

惺が言葉を濁《にご》すと、佑樹は途端《とたん》に表情を曇《くも》らせ、しゅんとなった。惺の両親が亡《な》くなったときのことを知っているからだ。あの事故を思い出すたびにパニックになりかけ、情緒《じようちよ》不安定になる惺の傍《そば》にいてくれたのは佑樹だ。

家族ぐるみで面倒《めんどう》を見てくれて、お陰《かげ》でいまはトラウマになっていた車にも乗れるようになったし、急な不安に襲《おそ》われることも少なくなった。

ただ、野球に対する苦手意識だけは、なかなか薄《うす》くなってくれない。あのとき、自分が試合を「見に行きたい」と云わなければ、あんなことにはならなかったはずだ。その後悔《こうかい》だけはどうしても昇華《しょうか》することができない。

「そんな気にしなくていいって。最近は、昔みたいに体調が悪くなったりするわけじゃないから。でも、素直《すなお》に楽しめないのに、見に行くのは失礼かなって。でも、佑樹が行きたいならもらっておけばよかったかな」

「バカ、惺と一緒《いっしょ》じゃなきゃ行ったって楽しくねーよ」

真顔で返され、じんと胸が熱くなった。自分なら照れて云えないようなことも、佑樹ははっきりと口にする。そのストレートさが羨《うらや》ましくもあり、好きな面でもあった。

「ねえ、その試合っていつなの？」

「この新聞に書いてあんじゃね？　あったあった、今度の日曜だってさ」

「じゃあ、その日佑樹ん家《ち》泊まりに行っていい？　テレビならちょっと見られるかもしれないし。ロイが出てるとこ見てみたい」

抵抗感《ていこうかん》は否《いな》めないけれど、ロイと出逢《であ》ったことで少しだけ興味が湧《わ》いてきた。

「わかった。惺が来るまでに片づけとく」

「別にいいよ。佑樹の部屋が汚《きたな》いのは知ってるし」

「布団《ふとん》敷く場所もないいんだよ」

佑樹と話をしていたら、ガラガラと教室のドアが乱暴に開けられる音がした。その音で、入ってきたのが担任の大岩《おおいわ》だということがわかる。まだ二十代そこそこと若く、柔道《じゅうどう》部の顧問《こもん》をしている大岩は、大柄《おおがら》なためか立ち居振《いふ》る舞《ま》いが粗雑《そざつ》なのだ。

「お前ら、そろそろ席につけよ。ホームルーム始めるぞ」

大岩の声はよく通るけれど、それでも教室内のざわめきは変わらない。しかし、とくに気にした様子もなく教壇《きょうだん》に立ち、これから配るプリントを整理している。

近くにいた生徒にそれを配るよう指示したあと、おもむろに惺のほうへと近づいてきた。そして、佑樹との間を遮《さえぎ》るように立ち、親しげに惺の肩《かた》に触《ふ》れてくる。

「森住、最近どうだ？　何か困ったことはないか？　一人暮らしは大変だろう」

大岩は以前から、両親がおらず一人暮らしをしている惺のことを気にかけてくれている。進学についての相談にも乗ってくれるし、たまに家まで様子を見にきてくれたりもする。いささかお節介《せっかい》に感じることもあるけれど、きっと教師としての責任感が強い人なのだろう。

（そこがちょっと苦手なんだけど……）

力づけようとしてくれているのか、大岩は何度も肩を撫《な》でてくる。やけに馴《な》れ馴れしい仕草に戸惑《とまど》いながら、惺は作り笑いを返した。

「大丈夫です。近所の人たちもよくしてくれてるし、佑樹……初瀬くんのご両親も気にかけてくれてるので」

「そうか？　何かあったら俺に相談するんだぞ」

「はい、ありがとうございます」

「そうだ、大学の奨学金《しょうがく》のことで話があるから、昼休みにでも職員室に来てくれ」

「わかりました」

大岩が教壇へ戻ってくれて、ほっとする。大岩と話していると、何故《なぜ》か緊張《きんちょう》するのだ。横にいる佑樹のほうを見てみると、惺以上に表情を強張《こわば》らせていた。

「…………」

「佑樹、どうしたの？」

不安そうな顔をしている佑樹に声をかけると、深刻な声音《こわね》が返ってきた。

「――惺、職員室に行くときは俺もついていくからな」

「何で？」

「何かやばいって噂《うわさ》があるんだよ」

佑樹は声を潜《ひそ》めて、その理由を教えてくれる。しかし、曖昧《あいまい》すぎてよくわからない。

「やばいって？」

「あいつ、柔道部の顧問だろ？　運動部のやつらの間では有名なんだけど、練習のときとか、やたらべたべたしてきたりしてキモいって云《い》われててさ。ヤられそうになった先輩《せんぱい》もいるとかって話もあるし」

「でも、噂だろう？　根拠《こんきょ》もないのに無闇《むやみ》に疑うのはよくないと思うけど……」

周囲に聞こえないよう、さっき以上に声量を落として話す。

「上手《うま》く云えないけど、何かやな感じがするんだって！　あいつ、惺のこと気に入ってるみたいだから、気をつけたほうがいいと思う」

「確かによく肩とか触《さわ》ってくるけど、ちょっとスキンシップ過多なだけじゃないの？」

「充分《じゅうぶん》キモいだろ！　絶対二人きりになるなよ」

詰《つ》め寄るようにして、キツく念を押される。軽い気持ちで噂話をしているわけではなく、本気で惺の身を心配しているようだ。その迫力《はくりょく》に押され、こくこくと首を縦に振《ふ》った。

「う、うん、わかった、一応気をつけておく」

大岩のことをそこまで意識したことがなかったけれど、佑樹がそう云うなら気をつけたほうがいいのだろう。

「一応じゃなくて、真面目《まじめ》に気をつけろよ。お前、ヘンなとこお人好《ひとよ》しなんだから」

「そうかなぁ？」

「そうじゃなかったら、顔も名前も知らない外国人を家に連れて帰らないだろう」

「あはは、そうだね……」

佑樹からの真顔の指摘《してき》に反論の余地はなく、苦笑するしかなかった。


「僕、そろそろ帰りますね」

「ご苦労様。今日も遅《おそ》くまですまんね」

「いいえ、僕のほうこそたくさん持たせてもらっちゃってすみません。今日のお弁当も美味《おい》しかったです」

「気をつけて帰るんだよ。このへんも最近物騒《ぶっそう》だからねえ。この間、三丁目のお宅に空き巣が入ったって話も聞くし、戸締《とじ》まりはしっかりね」

「大丈夫《だいじょうぶ》ですよ、ウチには盗《ぬす》むものなんて何もないですから」

「万が一、鉢合《はちあ》わせたら危ないじゃない。不審《ふしん》な人を見かけたら、すぐ連絡しなさいね」

惺がアルバイトをしている弁当屋の夫婦《ふうふ》はまるで子供のように惺を可愛《かわい》がってくれている。

バイトの時間も高校生の惺の都合に合わせてくれているし、毎朝学校へ持っていく弁当も作ってくれている。帰りには夕飯に食べるようにと、惣菜《そうざい》も持たせてくれる。残り物だからと云っているけれど、二人が惺のために用意してくれているのは明白だ。

「ありがとうございます。それじゃあ、お疲《つか》れ様でした」

弁当屋でのバイトを終えて残り物の惣菜をもらって帰宅すると、家の明かりがついていた。

(電気がついてる……？)

ロイが出ていくときに消し忘れていったのだろうか。しかし、玄関《げんかん》のドアを開けようとしたら、磨《す》りガラスに人影《ひとかげ》が映ってぎょっとした。まさか空き巣が入ったのではと身構えた瞬間《しゅんかん》、内側から開かれ、爽《さわ》やかな笑顔《えがお》が惺を出迎《でむか》えた。

「おかえり」

「な、何でまだいるんですか⁉」

もう帰ったはずのロイは、まだ惺の家にいた。もう二度と会うことなんてないと思っていたから、どんな顔をしていいのかわからなかった。困惑《こんわく》している惺に、ロイは胸を張って答える。

「鍵《かぎ》の開いた家を留守にするわけにいかないだろう。泥棒《どろぼう》が入るかもしれないじゃないか」

「鍵の場所ならメモに書いていったじゃないですか」

玄関の横の植木鉢《うえきばち》の下。それが祖母と決めた、合い鍵の隠《かく》し場所だ。ことさらわかりにくい場所だとは思えない。

「ああ、すまん。俺、日本語は話せるけど読むのは苦手なんだ。ひらがなはちょっとわかるんだが漢字はなかなか覚えられなくてな」

「え、そうだったんですか！　すみません、出かける前に声かけていけばよかったですね……。

気持ちよさそうに寝《ね》てたから、起こすのが忍《しの》びなくて……」

自分のせいでロイの一日を無駄《むだ》にしてしまって申し訳ない。こんなことなら、バイトの前に一度帰ってきておけばよかった。

そんな後悔《こうかい》と共に、もう二度と会うことはないだろうと思っていたロイと、またこうして話ができることを嬉《うれ》しく思っている自分もいた。

(僕も勝手だよな……)

喜ぶべきではないとわかっているけれど、浮《う》き立つ心は自分ではどうしようもない。

「俺のことだからどうせ、起こしても起きなかったんだろう?」

「留守番までしてもらっちゃって本当にすみません！　ウチ、何もなくて退屈《たいくつ》でしたよね?」

この家には、暇《ひま》を潰《つぶ》せるようなものが何もない。どんなに遅くまで寝ていたとしても、時間を持て余さずにはすまなかったのではないだろうか。

「いや?　まだ時差に体が慣れてなくて、実は目が覚めたのは夕方なんだ。それより、置いてあったやつは食ってよかったんだよな?」

「あ、はい。おにぎりは朝ご飯に作っておいたんで……っていうか、お腹空《なかす》いてますよね……?」

ロイの問いかけに、はっとした。スポーツ選手が一日におにぎり数個で足りるとは到底《とうてい》思えない。だが、ロイはとくに気にしている様子はなかった。

「そういえば、腹減った気がするな」

「いま準備しますね！　あ、それとも、出前とかのほうがいいですか？」

ご飯なら炊《た》けばいくらでもあるけれど、もらってきた惣菜は一人ぶんしかない。ロイの食事量を考えたら、店屋物を頼《たの》んだほうがいいだろう。

（これ全部でも足りないだろうしな……）

どこに注文したらいいだろうかと考えていたら、ロイが質問してきた。

「デマエとは何だ？」

「ええと、ピザとかお寿司《すし》とかを家まで持ってきてもらうんです」

「ああ、デリバリーってことか。ピザよりは、昨日みたいに慎の作った食事が食べたい」

「え、でも、昨日、僕が作ったのはお味噌汁《みそしる》とご飯だけですよ？」

バイト先からもらってきたコロッケと作り置きのおかずを数品並べただけだ。とくに凝《こ》ったメニューだったわけじゃない。むしろ、口に合っただろうかと心配していたのだが。

「味噌汁も美味《うま》かったし、あのきんぴらは慎が作ったんだろう？　慎らしい優《やさ》しい味がした」

「そ、そうですか？」

作った食事を褒《ほ》められたら、誰《だれ》だって悪い気はしないだろう。きっと、ロイは根っからの『たらし』なのだろう。たくさんの女性と浮き名を流しているというのも納得《なっとく》できる。

顔がよくて、スポーツもできて、口も上手ければ、どんな女性も放《ほう》ってはおかないだろう。

そう思ったら、何故《なぜ》か複雑な気分になった。

(何だろう、この気持ち……)

苦いものを飲み込んだときのような嫌《いや》な感じがする。胃の辺りもムカムカするし、昨日ロイと一緒《いっしょ》に雨に濡《ぬ》れたから、風邪《かぜ》っぽくなってるのかもしれない。

こういうときはしっかり栄養を摂《と》って、よく眠《ねむ》るに限る。少し時間がかかるけれど、おかずを追加することに決めた。気を取り直して、夕食の準備に取りかかる。

「少し待っててもらえますか？ いま、仕度《したく》しますから」

「もちろん、大人しく待ってるよ。我が儘《まま》を云ってしまってすまないな」

「いいえ、一人だとつい手を抜《ぬ》いちゃうので、一緒に食べてくれる人がいるほうが嬉しいです。嫌《きら》いなものはないですか？」

最近使ってなかったエプロンを腰《こし》に巻き、冷蔵庫の中を覗《のぞ》きながらロイに声をかける。賞味期限の切れていないものは朝食用に買ってあった卵とハムくらいだ。

「好き嫌いはないよ。——惺。もう一つ、君に頼みがあるんだ」

「何でしょうか？」

振り向くと、ロイは神妙《しんみょう》な顔で台所の入り口のところに立っていた。云《い》いにくそうに一拍《いっぱく》置いてから、申し訳なさそうに切り出してくる。

「しばらく、この家に置いてもらえないだろうか？」

「ウチに、ですか？」

意外な頼みに、惺は目を瞬《またた》いた。

「恐《おそ》らく、ホテルの周辺は記者に固められているだろうから、戻《もど》ったらすぐに見つかってしまう。だが、用事をすますまでは見つかるわけにはいかないんだ。図々《ずうずう》しい頼みだということはわかってる。もちろん、礼はする」

どうやら、ロイには何か大事な用があるらしい。

「え、そんなのいいですよ！　ウチじゃろくなもてなしもできないですし」

「だったら、宿泊《しゆくはく》費という形で受け取ってくれないか？　タダ飯を食わせてもらうわけにはいかない」

「……わかりました、じゃあ、実費程度いただければ……」

「すまない、無理を云って」

「困ったときはお互《たが》い様って云いますから」

両親を亡《な》くしてから、その言葉が身に染《し》みるようになった。近所の人たちや佑樹が惺に手を貸してくれて助かっている。微笑《ほほえ》みかけると、ロイはまた云いにくそうに切り出した。

「もう一つ、無理を云っていいだろうか」

「何ですか？　僕にできることなら協力しますよ」

「実は行きたいところがあるんだが、どう行ったらいいかわからないんだ。できたら、案内してもらえないだろうか」

「案内、ですか？」

何故、自分なんかに頼むのだろう？　と不思議に思っていると、ロイが事情を説明してくれた。

「人を雇《やと》うつもりでいたんだが、信用のできない人間だとどこから情報が漏《も》れるかわからない。現に俺が早くに来日することが一部には漏れていたからな。だが、悍なら信頼《しんらい》できる」

「そこにはどなたが住んでるんですか？」

「玲子《れいこ》――俺の義理の母親の、実の娘《むすめ》だ。つまり、俺の義理の妹だな。会ったことは一度もないがな。その妹に手紙を渡《わた》しに行きたいんだ」

「手紙……」

その話を聞き、ロイが一人で動いていた理由がわかった。安易に人を使えば、情報がどこから漏れてしまうかもしれないし、そうしたらその人のところにマスコミが押し寄せて、迷惑《めいわく》がかかってしまう。

だから、こっそりと一人でメンバーたちよりも先に来日したのだろう。しかし、日本ではロイのような長身の西洋人はどこにいても目立ってしまう。お忍びのつもりが、逆に一人で来たことで余計に注目を浴びることになってしまったわけだ。

「傷心から日本を飛び出した先で俺の父と出逢《であ》って結婚《けっこん》して、いまでは幸せに暮らしてる。俺に弟もできたしな。だからと云って、娘のことが忘れられるわけじゃないからな」

ロイ曰《いわ》く、玲子は以前の旦那《だんな》とは学生のときに結婚したけれど、旦那の実家が堅《かた》い家だったらしく、そこからの圧力に負けて結局追い出されるような形で離婚《りこん》したのだそうだ。

娘の親権は渡してもらえず、面会すら許されなかったという。

「娘さんとは、まったく連絡《れんらく》取れないんですか？」

「手紙を出しているらしいが、返事が来たことはないようだ。まあ、その手紙自体、本人の手に渡っているかも疑わしいな」

「……だから、あなたに手紙を託《たく》したんですね」

実家が母娘《おやこ》の面会を阻《はば》んでいるほどなのだから、娘に届く手紙も破棄《はき》されていると考えたほうがいいだろう。

「直接手渡せば、邪魔《じゃま》は入らないからな。本人が受け取ってくれるかはわからないが、せめて元気にしているかどうかだけでも知りたいと云っていた」

玲子の気持ちを思うと、胸が痛くなった。自分の体を痛めて産んだ我が子に、会いたいのに会えないのは心底辛《つら》いだろう。せめて、声だけでも、様子だけでもと思うのは当然のことだ。

（会えるのに、会えないなんてもったいない）

もっとたくさん話をしておけばよかった。もっと優しくしておけばよかった。いまでも、そんな後悔が胸を過《よ》ぎる。その子だって、きっと会いたいと思ってるはずだ。

それに、もうすでに乗りかかった船だ。途中《とちゅう》で放《ほう》り出すのは、寝覚《ねざ》めが悪い。

「——わかりました。僕でお役に立てるなら、お手伝いします」

「そうか、ありがとう！　よかった、惺に手助けしてもらえれば心強い」

「僕には道案内くらいしかできないでしょうけど」

「それで充分《じゅうぶん》だ。惺には本当に世話になってばかりだな。どう恩返しをしたらいいだろう」

今度は恐縮《きょうしゅく》し、悩《なや》み始めたロイに苦笑《くしょう》する。

「大したことはしてませんから。あ、しばらくウチにいるなら、服も買ってこないとダメですね。あのスーツもクリーニングに出してきます」

「俺は別にこれでいいけどな」

ロイは腰に手を当て、浴衣《ゆかた》姿の自分の体を見下ろす。本当に気に入っているらしい。

「ダメですよ！　ずっとそんな薄着《うすぎ》でいたら風邪引きます」

「鍛《きた》えてるから大丈夫《だいじょうぶ》だ」

ロイの体調も心配だが、本音を云えばはだけた胸元《むなもと》がちらちらと見えていることが問題だった。意識しないようにしていても、どうしたってそこへ目が行ってしまう。

「そこの住所はわかってるんですか？」

「ああ、住所はこれだ」

見せてもらったメモには日本語で横浜の住所が書いてあった。個人名が書かれているということは住宅街の一角なのだろう。

（この『佐賀野梢《さがのこずえ》』って人が、妹さんなのかな）

しかし、住所までわかっているなら会いにいくのは、そう難しいことには思えないのだが、何故案内が必要なのだろうか。

「玲子に書いてもらったんだが、読めなくて困ってたんだ。任せておけって云って出てきたからには、いまさら字が読めないと電話して訊《き》くわけにもいかないだろう。ホテルのコンシェルジュに訊こうとしたところでパパラッチに見つかって、いまに至るというわけだ」

そういえば、さっきも漢字が苦手だと云っていた。字が読めなければ、地図を読むことも難しい。玲子にいまさら訊けないという気持ちも何となく理解できる。

「有名人も大変ですね。プライベートまで騒《さわ》がれると、普段《ふだん》から落ち着かないでしょう？」

「自業《じごう》自得なところもあるんだが、日本に来てまで追い回されるとはな……」

ロイは大仰《おおぎょう》に肩《かた》を竦《すく》め、ため息をついてみせる。

自業自得と云っているのは、女性問題についてだろう。そのへんのことを詳《くわ》しくは知りたくなかったので、惺は追及《ついきゅう》せずにおいた。

「その妹さんの家に行くのは、いつにしますか？　できるだけ早いほうがいいですよね？」

「惺の都合のいい日でかまわない。学校もあるだろうし、アルバイトもしてるんだろう？」

「でも、試合があるんですよね？　試合前に練習日とかないんですか？」

きっと、その前は身動きが取れないに違《ちが》いない。試合の日程は迫《せま》ってきている。きっと、早いほうがいいのだろう。

「試合自体は日曜だから、前日にでもチームに合流できればいい」

「だったら、明後日《あさって》はどうですか？　ちょうど祝日で学校も休みですし……」

元々、用事があったから、バイトも休みにしてもらっていて、一日空いている。

「俺は問題ないが、惺は平気なのか？」

「その日はバイトを休みにしてあるので大丈夫です」

実はその日は、両親の墓参りに行く予定だった。けれど、ロイの用事のほうが切羽詰《せっぱつ》まっているし、墓参りなら、日を改めればいい。

(冬休みになったら、いつでも行けるし)

命日に墓参りに行かなかったからと云《い》って、両親は怒《おこ》ったりはしないだろう。むしろ、困っているロイのことを放《ほう》って行ったほうが怒られてしまいそうだ。

「とりあえず、明日服を買ってきたほうがいいですよね。いつまでも浴衣のままってわけにもいきませんしね」

「俺はこれでいいけどな」

「ダメですよ！　あと、あのスーツじゃ目立ちすぎるから、変装用の服が必要かと思って」

「そんなに目立つか？」

「目立ちます」

何を着ても目を引いてしまうだろうが、あのブランドものの黒いスーツでは悪目立ちして仕方ない。もっとラフな格好でいたほうが、人込みに紛《まぎ》れられるのではないだろうか。

（あとは地図を用意しないとな……）

携帯電話《けいたいでんわ》もパソコンも持っていないため、インターネットで地図を調べることもできない。もし可能なら、佑樹に協力してもらったほうが早いだろう。

「あの、僕の友達に手伝ってもらってもいいですか？　口は堅いし、信用できるやつだから、誰《だれ》かに云ったりとかはしないと思うんですけど」

「もちろん、かまわない。惺が信用してるなら、俺も信用する」

「よかった！　じゃあ、ちょっと電話して訊いてみますね」

ロイの了承《りょうしょう》を得ると、思い立ったが吉日《きちじつ》ということで、早速《さっそく》佑樹に電話をかけた。明後日出かけるのなら、明日中に色々と用意しておかなくてはならない。

何回かの呼び出し音のあとに電話口に出た彼の母親に、佑樹に取り次いでもらった。

『惺？　何、どうしたー？』

「ごめんね、こんな時間に。いきなりで悪いんだけど、佑樹に頼《たの》みたいことがあるんだ」

勢いに任せて電話をかけたのはいいが、何から話せばいいだろうか。

『頼み？　何だよ、そんな改まって』

「あのさ、今日の朝、学校でロイ・クロフォードの話したじゃん。実はね……まだロイがウチにいるんだ」

『嘘《うそ》、マジで!?』

ロイのことを話すと、佑樹の声のトーンがいきなり上がった。

「ホテルに戻《もど》るとパパラッチに捕《つか》まるかもってことで、もうしばらくウチにいることになったんだけど、ロイから頼まれたことがあって――」

『うわ、どうしよう、いまから会いにいこうかな』

「こんな時間に来なくていいから。ていうか、僕の話先に聞いてってば！」

電話の向こうで興奮している佑樹に、落ち着くよう云って聞かせる。

『あ、ごめんごめん。つい興奮しちゃって。で、頼みって何？』

「ロイが行きたいところがあるんだって。住所を見る限り、横浜の住宅街みたいなんだけど、ウチには携帯もパソコンもないから、地図とか検索《けんさく》できなくて」

『じゃあ、俺がそれを調べて、惺に教えればいいのか？』

「うん、行き方とかも調べてもらえると助かる。あと、明日の放課後、買い物につき合って欲しいんだけど、部活休むのは難しいよね……」

一人で選ぶのは心許《こころもと》ないから、佑樹につき合ってもらえればと思ったのだが、放課後は部活がある。かといって、それが終わるのを待っていたら日が暮れてしまう。

『別にいいよ。ウチの部はそんな厳しくないから、明日の午後練くらいなら全然平気だって。買い物って何買いに行くんだ？』

「本当に？　ロイの服を買いに行きたいんだ。家で着てる服もないし、外出するなら目立たない服装のほうがいいかなと思って」

『そっか、パパラッチに追われてるんだもんな。見つからないようにしないとまずいよな。どんなの買うの？』

「それを佑樹に相談しようと思って。一人じゃ何買っていいかわかんないから」

『じゃあ、明日学校に雑誌とか持ってくから、相談しようぜ』

「うん。詳しい話は明日学校ですればいいよね？　あ、このことは誰にも云わないでね」

佑樹も服装に拘《こだわ》るようなタイプではないけれど、

『わかってるよ。なあ、買い物のあと、惺んち行ってもいい？　俺もクロフォードに会ってみたい』

「大丈夫だと思うけど、ちょっと待って。――あの、友達は手伝ってくれるそうです。それで、ロイに会いたいって云ってるんですけど、明日ウチに連れてきていいですか？」

念のため伺《うかが》いを立てると、ロイは快く応じてくれた。

「もちろん。ぜひ会いにきてくれ。俺からも礼を云わないといけないしな」

「佑樹、ロイも会いたいって」

『やった！　すげー楽しみ！』

大喜びしている佑樹の声が大きくて、思わず電話を耳から遠ざけた。あまりのテンションの高さに苦笑《くしょう》してしまう。佑樹に礼と横浜の住所を口頭で伝えて、電話を切った。そして、決まったことを横で待っていたロイに報告する。

「いまの友達、佑樹って云うんですけど、ロイに会えるって喜んでました……って、聞こえてました？」

「ああ、聞こえた。ずいぶん元気な友達だな」

「僕と違って、いつも賑《にぎ》やかなんです。でも、佑樹は一番信頼《しんらい》できる友達ですから」

「俺も頼《たよ》りにしてる。すまないな、友達にまで迷惑《めいわく》をかけることになって」

「何云ってるんですか。迷惑だと思ってたら、家になんか連れてきませんよ。ロイの役に立てるなら、僕も嬉《うれ》しいです」

「ありがとう、惺」

「どういたしまして」

申し訳なさそうにしているロイに笑いかける。まだしばらくの間、ロイと一緒《いっしょ》に過ごせると思うと、それも嬉しかった。

3

「ごめんね、部活休ませちゃって」

「いいって。こんなこと、滅多《めった》にあるわけじゃないし」

昨日、電話で話し合った結果、無闇《むやみ》に外出できないロイの代わりに、佑樹と一緒に彼の服を買いに行くことになった。

妹を訪ねるときの変装用と、惺の家にいるときの普段着《ふだんぎ》が必要だからだ。あのスーツはいまクリーニングに出してあるし、それ以前に目立って仕方ない。

服の代金はロイから預かってきた。何枚あるのか見当もつかないほど分厚い札束を渡《わた》されそうになったため、そこから数枚だけ受け取って残りは返した。

(金銭感覚が全然違《ちが》うんだよな……)

今朝の遣《や》り取りを思い出して、ため息が出る。

『とりあえず、手元にはこれだけしかないんだ。足りなければ、あとで支払《しはら》う』

『なっ……多すぎますよ！　こんなにいりません！』

惺の家に滞在《たいざい》するための宿泊《しゅくはく》費と、義妹のいる横浜の住宅街まで案内することへの礼として差し出された札の厚みに驚《おどろ》き、惺はロイの手を押し返した。すると、ロイは不思議そうな顔で云ってきた。

『しかし、元々頼むつもりだった相手には、もっと請求《せいきゅう》されたぞ』

『それはふっかけられたんですよ！』

その人物は、日本に不案内なロイの足下《あしもと》を見たに違いない。何も受け取らないわけにもいかないため、自分のバイト先の時給額を教えて、それなりの金額で納得《なっとく》してもらった。

「どんな服にしたらいいかなぁ。スーツだと映画に出てくるマフィアの人みたいだったんだよね……」

出逢《であ》った夜のことを思い返し、苦笑いする。あの長身とサングラスが、異様な威圧感《いあつかん》を醸《かも》し出していた。

「すげーわかる。まあ、ジーンズとかでいいんじゃね？　普通《ふつう》の格好が一番目立たないと思うけど。しっかし、どんだけでかいサイズの服買えばいいんだろうな」

「百九十センチくらいだって云《い》ってたけど」

ロイの体のサイズをメモしてきたのだが、果たして彼が着られる服が選べるほど売っているのだろうか。

「変装用に伊達眼鏡《だてめがね》とかは？　あの顔出してたら目立つだろうしさ」

「そうだね。あと、帽子《ぼうし》とかは？」

「買うものってそれだけ？　つか、パンツとかパジャマとかも買ったほうがいいんじゃないの？　しばらく惺んちにいることになったんだろ？」

「……っ、そ、そうだね」

佑樹の言葉に、つい余計なことを思い出してしまう。

（せっかく少し忘れかけてたのに…っ）

濃密《のうみつ》なあの夜の空気と、生々しい感触《かんしょく》が蘇《よみがえ》ってきて体が熱くなる。血液が駆《か》け巡《めぐ》る感覚を意識しないように、咳払《せきばら》いで動揺《どうよう》をごまかした。

「昼間は何してるわけ？　出歩いたりはできないだろうし」

「トレーニングしてるみたい」

「えっ、朝からずっと？」

「一応、何もなくて退屈《たいくつ》じゃないですかって訊《き》いてみたんだけど、大丈夫《だいじょうぶ》って云うから……」

「体鍛《きた》えるのが仕事だし、あっという間に時間なんて過ぎるのかもな」

「そうなのかもね」

一つ気になっているのは、どんな格好でトレーニングしてるのかということだ。すっかり浴衣《ゆかた》を気に入ったらしく、終始あの格好でいる。だが、運動に向いてはいない。

（ロイのことだから、パンツ一枚で過ごしていても平気だろうしな……）

女優やモデルと浮《う》き名を流しているメジャーリーガーのイメージとは懸《か》け離《はな》れている。ファンが彼の実像を知ったら、落胆《らくたん》するに違いない。

校舎を出ようとしたところで、どこからか揉《も》めているような声が聞こえてきた。ケンカだろうかと辺りを見回すと、階段の脇《わき》で対峙《たいじ》している二人の姿が目に入った。

「あれ、日高じゃねえ？」

「本当だ。どうしたんだろう」

「どうせ、また何かやったんだろ」

校則違反《いはん》で有名な日高だから、また風紀委員からの注意を受けているのかもしれない。揉めているというよりはむしろ、日高がわざと相手を怒《おこ》らせているように見えた。

「日高と一緒にいる人って、風紀委員の先輩《せんぱい》だよね？　三年ってもう引退してる時期じゃなかったっけ？」

確か、とても厳しい先輩として有名な人だ。校則違反などしたことのない惺とは、何の接点もなかったけれど、そんな噂《うわさ》だけは聞いている。

しかし、もう三年生は委員会も部活も引退しているはずだ。受験勉強も追い込みの時期で、後輩《こうはい》にかまっている場合ではないように思うのだが。

「んー？　ああ、辻井《つじい》先輩か。あの二人はほとんどセットみたいなもんだから」

「セット？」

返ってきた言葉の意味がわからず、首を傾《かし》げる。

「──ん？」

「早い時間に登校してるから惺は見たことないかもしれないけど、名物になるくらいしょっちゅう校門のとこで日高が捕《つか》まって、辻井先輩に説教されてたんだぜ」

「ふぅん、そうなんだ」

ある意味、天敵のようなものだろうか。そんなふうに勝手に納得していたら、佑樹は歩きながら顔を近づけて、声を落として教えてくれた。

「ただの噂だから本当かどうかわかんないけど、あの二人つき合ってるらしい」

「えっ!?　で、でも、男同士だよ？」

思わず大きな声を出してしまい、慌《あわ》てて口元を手で押さえる。周りに聞こえていないだろうかと視線を巡らせたけれど、幸い誰《だれ》もこちらに注意を向けてはいなかった。

「そんなの男子校にはありがちなことだろ。疑似恋愛《ぎじれんあい》的に後輩可愛《かわい》がったり、カッコいい先輩に憧《あこが》れたりとかってさ」

「そういうものなの…？」

まるで普通のことのように云われ、価値観がぐらぐらと揺《ゆ》らぐ。ロイに云われた言葉に、現実みが増す。疑っていたわけではないけれど、アメリカ人だから日本人と感覚が違う部分もあるだろうと思っていたのだ。

「俺だってバレンタインにチョコもらったぞ。朝、机の中に入ってた」

「ホントに!?　だ、誰からだったの…？」

驚きつつ、恐《おそ》る恐る訊いてしまう。

「名前は書いてなかったから、誰からなのかはわからなかった。けど、ウチ男子校だし、どう考えても男からだろうな。まあ、卒業したらそういうのもなくなるんだろうけどさ。惺はそういうの抵抗《ていこう》あるほう？」

「いや、抵抗とかじゃなくて、何か驚いたって云うか……」

何となく後ろめたい気分で云い訳をする。深刻に思い悩《なや》んでいた自分の周りで、そういうことが普通に行われていたとは知らなかった。

（僕だけじゃなかったんだ……）

同性に興味を持つ人間が、こんな身近にいるとは考えたこともなかった。

「惺はそういうの鈍《にぶ》いからな〜。運動部に入ってなくてよかったと思うよ。可愛いから、先輩にすぐ目ぇつけられそうだしな」

「そんなことあるわけないじゃん。佑樹は過保護なんだって」

佑樹が惺のことを可愛いと云うのは、本人は自覚していないようだが、身内贔屓《びいき》のようなものだろう。惺が笑い飛ばすと、ムキになって云い返してきた。

「惺の場合、過保護すぎるくらいでいいんだよ。普通よりぼんやりしてるんだから」

「悪かったね、ぼんやりで」

「まあでも、隙《すき》のない惺なんて惺じゃないよな。お前はずっとそのままでいればいいから」

「何だよそれ！」

面白《おもしろ》くない気分になりながらも、反論しきれない。口を尖《とが》らせて怒って見せると、佑樹は笑い出した。むくれた顔を続けていられなくて、つられて惺も表情を緩《ゆる》めてしまう。

二人で顔を見合わせて笑い合った。


買い物を終えたあと、思っていた以上の大荷物を抱《かか》えながら、佑樹と揃《そろ》って惺の自宅へと向かった。

「何とか揃ってよかったな」

「うん。でも、大きいサイズを探すだけで、こんなに時間かかるとは思わなかったよ」

ジーンズと重ね着できるようにシャツを数枚、そして暗い色味のジャケットを買ってきた。シャツなどはすぐに見つかったのだが、ロイの脚《あし》の長さをカバーできるジーンズがなかなか見つからず、あちこち探し回ってしまった。

「気に入ってくれればいいけど」

「サイズ合わなかったらどうしようか？　ジーンズとか大丈夫かなぁ」

「長さ足りなかったら、かなり下のほうで腰穿《こしば》きしてもらうしかないんじゃね？　あれ以上、長いのって置いてなかったじゃん」

「それしかないかぁ」

少々窮屈《きゅうくつ》かもしれないけれど、どうせ一回しか着ないのだから、我慢《がまん》してもらうしかない。

部屋着にしてもらうスウェットは伸縮性《しんしゅく》があるものを選んでおいたから、どうにかなるだろう。

「しかし、腹減ったなー」

「あちこち回ってけっこう歩いたもんね。ウチについたらおやつにしようよ。お茶淹《い》れるからさ」

ロイへのお土産《みやげ》も兼《か》ねて、ドーナツをたくさん買ってきた。

学校へ行く前に昼食も用意してきたけれど、いま頃《ごろ》きっとお腹《なか》を空《す》かせているに違《ちが》いない。

今日の夕食はたくさん食べさせてあげられるように、カレーを作るつもりだ。

(何だか、犬の面倒見《めんどうみ》てるみたいな感じだなぁ)

自分の思考回路をふとそんなふうに思う。

相手はもういい大人なのだから、惺が心配する必要はないのだが、何となくロイの曇《くも》りのない笑顔《えがお》はアメリカにいた頃に飼っていた大型犬を彷彿《ほうふつ》とさせるのだ。

一人で淋《さび》しくないだろうか、お腹を空かせていないだろうかと、すぐ心配になってしまう。

「そういや、惺の家に行くの久しぶりだな」

「そうだね、最近泊《と》まりに来ないもんね」

ここしばらくは、佑樹の部活が忙《いそが》しくてなかなか機会がないけれど、中学の頃はよく泊まりに来ていた。よく二人で夜更《よふ》かしをしたものだ。

「ただいまー」

チャイムを鳴らして声をかけると、すぐに足音が聞こえてきた。中から玄関《げんかん》のドアが開けられ、物慣れた様子でロイが出迎《でむか》えてくれる。

「おかえり」

すっかり気に入ったようで、ロイは惺の家にいる間、ずっと浴衣《ゆかた》を着ている。見ているほうとしては寒々しいのだが、鍛《きた》え上げられた体には日本の初冬は大したことがないらしい。

ロイはひょいひょいと荷物を受け取ってくれる。佑樹を紹介《しょうかい》しなければと思って横を見たら、呆然《ぼうぜん》とした顔をしていた。

「すげぇ、本物だ……」

ただでさえ大きな目が、零《こぼ》れ落ちそうなくらい見開かれている。きっと、これが普通《ふつう》の反応なのだろう。そんな佑樹に、ロイは鷹揚《おうよう》な笑顔を向けた。

「はじめまして。君は惺の友達？」

「あ、す、すみません、初瀬佑樹です」

佑樹は失礼な態度を取ったと我に返ったらしく、恐縮《きょうしゅく》して鯱《しゃちほこ》張っている。差し出された手をおっかなびっくり握《にぎ》っていた。

「ありがとう、君にも迷惑《めいわく》をかけることになってすまないね」

「いえ！　お役に立てて光栄です！……って、あれ？　日本語？」

いまさらのように驚《おどろ》いている佑樹に惺が苦笑《くしょう》しながら説明する。

「会話は普通にできるみたいだから、英語の苦手な佑樹でも大丈夫《だいじょうぶ》だよ」

「マジで？　俺、惺に通訳してもらうもんだとばっかり思ってたから、挨拶《あいさつ》くらい英語でしなくちゃいけないかもって、内心緊張《きんちょう》してたんだ」

佑樹はほっとしたあとに、はたと不思議そうな顔になる。

「てゆーか、何で浴衣？」

「着てもらうものが他《ほか》になくて……。とにかく、家に上がってよ。お茶淹れるからさ」

「うん、おじゃましまーす」

「あ、佑樹と居間で待ってて下さい。いま、おやつ持っていきますから」

「わかった」

ロイと佑樹を居間に通し、惺は一人台所に立つ。お湯が沸《わ》くまでの間、ちらちらと様子を窺《うかが》ってみたけれど、普通に会話が続いているようで安心した。

（よかった、思ってたより気が合いそうで）

ただ、あまり人見知りをしない佑樹も、さすがに緊張しているようだ。何を話しているのかまでは聞こえてこないけれど、ロイのほうが積極的に話しかけている。

お茶とドーナツを載《の》せたお盆《ぼん》を手に居間に向かうと、ガラスの引き戸の向こうから二人の会話が聞こえてきた。

「それにしても、ずいぶん仲がいいようだが、惺とはいつからの友達なんだ？　惺は普段《ふだん》からあんなにお人好《ひとよ》しなのか？」

「ええと、中一のときからです。たまたま同じクラスになって。お人好し……って云《い》うか、頼《たの》まれたら断れないほうかな。でも、はっきりしてるんでやりたくないこととか間違《まちが》ってることは絶対引き受けたりしませんよ」

「なるほど。それじゃあ――」

何を話しているのかと思えば、ロイが佑樹を質問攻めにしているようだった。

好きな食べ物、好きなスポーツ、趣味《しゅみ》は何か、普段どんなふうに過ごしてるのかなど、その内容は全《すべ》て惺に関してだ。複雑な気分で引き戸を開けて、根掘《ねほ》り葉掘り自分のことを訊《き》いてい るロイにツッコミを入れる。

「……あの！　何で僕のいないときに僕の話してるんですか？」

「少しでも惺のことを知りたいと思ってるだけだ。訊かれてはまずいことでもあるのか？」

真顔で問い返され、ぐっと言葉に詰《つ》まる。そうやって、正面から訊かれると答えにくい。惺はお盆を卓袱台《ちゃぶだい》の上に置き、ロイと佑樹の間に正座する。

「そういうわけじゃないですけど、何ていうか……恥《は》ずかしいからやめて下さい」

「何を恥ずかしがることがあるんだ？」

ロイには『気恥ずかしい』という感覚がわからないのかもしれない。どう説明したら、理解してもらえるだろうか。

「だから、それは――」

「そうだ、買ってきた服を見てもらったほうがいいんじゃないか？」

このままでは埒《らち》が明かないと思ったのか、佑樹が苦笑しながらも口を挟《はさ》んで話題を変えてくれた。悍はこれ幸いと、相槌《あいづち》を打つ。

「あ、そうだね。合わせてみないと！」

脇《わき》に置いてあった紙袋《かみぶくろ》から、買ってきた服を取り出す。ドーナツに手を伸《の》ばしているロイに広げて見せた。

「何だか学生みたいなファッションだな」

「こういう感じのほうが目立たないかと思って。サイズが合わなければ交換《こうかん》してくるんで、一回着てみて下さい」

「わかった」

ロイは頷《うなず》いて、ドーナツの残りを一口で押し込んで、その場に立ち上がった。そして、いきなりその場で浴衣を脱《ぬ》ごうとしたので慌《あわ》てて止めた。

「着替《きが》えるなら隣《となり》の部屋に行って下さい！」

「ああ、そうか。すまない、気がつかなくて」

　ロイが服を抱《かか》えて隣の客間へ行き、二人きりになったところで佑樹が声を潜《ひそ》めて呟《つぶや》いた。

「……何かイメージと違うな」

「やっぱり……？」

「ロイ・クロフォードって云ったら野球に対しては熱くてストイックだけど、プライベートはよくも悪くもクールっていうか……とにかく、そういう印象なんだよな」

「うーん、全然違うよね」

「女関係も入れ食い状態みたいだし、インタビューとかでも落ち着いてるから、もっとこう……って云っても、俺だってテレビとかネットで仕入れたネタしか知らないけどさ」

　複雑そうな顔をしている佑樹に、苦笑いをするしかない。佑樹の云う印象では、まるで別人だ。惺の知っているロイは無邪気《むじゃき》で好奇心旺盛《こうきしんおうせい》で、クールという表現からはほど遠い。

「でも、よく考えたらああいう話が全部本当だって証拠《しょうこ》もないんだよな。本人が敢《あ》えて否定してないだけで」

「そうだね。この間、ロイを追っかけてた人たちもずいぶんしつこかったみたいだし、スポーツ新聞に載ってた記事も憶測《おくそく》ばっかりだったし」

　確かに、何か一言でも云おうものなら、意図せぬ方向に拡大解釈《かいしゃく》されかねない。そうなるよりは放《ほう》っておいて、騒《さわ》ぎが収まるのを待っていたほうが賢明《けんめい》なのだろう。

「無駄《むだ》に顔がいいってのも大変だろうな。俳優なら商売道具になるけど、スポーツ選手には必要ないもんな」

佑樹はそう云いながら、クリームの入ったドーナツに手を伸ばしてかぶりついた。惺も同じように食べていると、着替えを終えたらしきロイが隣の部屋から声をかけてきた。

「着てみたぞ。ジャケットは少しキツいが、サイズはだいたい問題ないようだ。それにしても、こんな格好するのは学生の頃《ころ》以来だな」

「サイズは大丈夫――……」

襟元《えりもと》を手で整えながら居間に戻《もど》ってきたロイに、思わず目を奪《うば》われた。

できるだけ人込みに紛《まぎ》れられるような平凡《へいぼん》な服装を選んだつもりだったけれど、ロイが身につけるとまるで高級ブランドの服のように見える。

彼が目立たないようにするのは、無理なことなのかもしれない。外見がどうという前に、オーラが違《ちが》う。佑樹と顔を見合わせ、ひそひそと感想を云い合った。

「おい、惺。これはこれで目立つんじゃないのか…？」

「実は僕もそう思ってたところ……」

メジャーリーガーのロイ・クロフォードだと一発でバレることはなくても、注目を浴びることだけは避《さ》けられないだろう。

（僕なら絶対振《ふ》り返っちゃうだろうな……）

背が高い上に腰《こし》の位置も高く、体も鍛え抜《ぬ》かれているためにスタイルがいい。それこそ、本職のモデルのようだ。しかし、何を着ても目立ちそうだし、他にどんな格好をさせればいいかわからない。

「どうだ？」

ロイは子供のような笑顔《えがお》を向けて訊いてくるため、答えざるを得ない。

「よ、よく似合ってます。ね、佑樹」

「う、うん。ものすごく」

似合っていることは、似合っている。しかし、変装の意味があるかどうかは謎《なぞ》だ。ブランドものの黒いスーツよりは悪目立ちしないという程度だろう。

「そうか、それはよかった」

あまりよくはないのだが、本人にははっきり云いにくくて困ってしまう。そこで他にも買ってきたアイテムがあったことを思い出した。

「……あ！　そういえば、変装用の眼鏡《めがね》もあるんですよ」

「そうだったな！　あれかければ少しは違うかも」

別の包みを取り出し、伊達《だて》眼鏡を渡《わた》す。できるだけ野暮《やぼ》ったくなるように、黒縁《くろぶち》のものを選んできたのだが、どうだろうか。

「へえ、眼鏡はかけたことなかったな。——どうだ？」

「うーん……」

その黒縁眼鏡をかけたロイは別次元で目立つ気がした。

甘い顔立ちを眼鏡で隠《かく》すことによって、理知的な雰囲気《ふんいき》にはなった。けれど、大学の教授のような印象になればと思ったのに、整った容貌《ようぼう》は眼鏡程度では隠しきれていない。

「髪《かみ》を染めたりしたら印象変わるかもしんないけど、目立つのはどうにもならないって」

「そうだよね……」

二人でひそひそしていると、ロイが少し心配そうに訊いてくる。

「どこかおかしいか？」

「いえ、おかしくはないです！　全然おかしくはないんですけど、何て云うか、カッコよすぎて目立つというか…」

惺が本音を零《こぼ》すと、ロイは途端《とたん》にぱっと表情を輝《かがや》かせた。

「カッコいい？　本当にそう思うか？」

「う、うん。でも、僕なら振り返っちゃいそうだから、変装になってないかなぁって……」

ごまかしても仕方ないと思い、正直に感想を伝えたけれど、ロイは何故《なぜ》か満足げだった。どうも、当初の目的を忘れているとしか思えない。

だが、楽しそうにしているロイを見ていたら、微笑《ほほえ》ましい気持ちになってくる。

「そうか、だったらこれでいい」

「そうですか…？」

目立ってしまうことは心配だけれど、パパラッチに見つからなければとりあえずは問題ないだろう。何より機嫌《きげん》のいいロイに水を差すのは憚《はばか》られた。

（他《ほか》に着られる服があるわけでもないし、本人がいいなら別にいいか）

少なくとも、印象だけは違って見える。すれ違っただけで正体がバレるようなことがなければ、それでいい。

「それで、明日はどうしましょうか？」

「前もって連絡《れんらく》を取ることはできないから、直《じか》に彼女の家に行くしかないな」

「家に訪ねていって、会わせてもらえると思いますか？」

「多分、無理だろうな」

ロイの話を聞く限り、元の旦那《だんな》やその両親が快く迎《むか》えてくれるとは思えないし、正面から行っても会わせてもらえない可能性が大きい。

正直に手紙を届けにきたと云《い》ったら、門前払《もんぜんばら》いされてしまいそうだ。そうなってしまうと、目的の相手と顔を合わせることすら難しくなってしまう。

「何で会わせてもらえないんですか？」

ロイと惺の会話を聞いていた佑樹が不思議そうに訊《たず》ねてくる。買い物がてら、大まかな事情は話しておいたけれど、ややこしい経緯《いきさつ》などは聞かせていない。

「あまりいい別れ方ではなかったようで、あちらの家族とはわだかまりがあるんだよ。だからできるだけ本人以外には接触《せっしょく》したくないんだ」

「複雑なんですね……。やっぱり、早めに行ってみて、その子が出てくるのを待ったほうがいいんじゃないですか？」

「そうだな、彼女が出てくるのを待つしかないか。なあ、いきなり俺が顔を見せたら、驚《おどろ》かれると思うか？」

「もちろん、驚かれるでしょうね」

見知らぬ人間に声をかけられるだけで警戒《けいかい》するのに、相手が外国人、それもロイのような有名人が突然《とつぜん》目の前に現れたら驚くだけではすまないだろう。

（僕ほど世間知らずではないだろうし）

その驚きがいいほうへと働けばよいのだが。上手《うま》く会えたとしても、話を聞いてもらえるかどうかはまだわからない。

「初めに声をかけるのは惺がやったほうがいいんじゃないか？　歳《とし》が近い相手のほうが警戒されないと思うけど」

「それはそうかもしれないが、惺にそこまでしてもらうわけには……」

佑樹の提案に、ロイは及《およ》び腰《ごし》になった。手を貸してくれと云ってきたのはロイのほうだが、ここまで惺たちが深入りしてくるとは思っていなかったのだろう。

「いまさらそんな気を遣《つか》わないで下さい。僕だって、上手くいったほうが嬉《うれ》しいですから」

「そうそう、遠慮《えんりょ》なんてしないでいいですよ。こういう計画練るのも楽しいし。な、惺」

「うん、そうだね」

毎日、学校へ行き、週に何度かバイトをするだけの生活の中に、こういったイレギュラーな出来事があるとわくわくする。

「わかった。惺に任せるよ」

「はい！」

惺は力強く頷《うなず》く。責任重大だけれど、ロイの役に立てると思うと、それだけで嬉しかった。

そのとき、佑樹が壁《かべ》の時計を見て小さく声を上げた。

「あっ、俺、そろそろ帰らないと」

「佑樹、もう帰るの？」

三人で明日の計画を練りながら話し合っていたら、あっという間に時間は過ぎていった。すでにドーナツが載《の》っていた皿は空になっている。

「今日の夕飯カレーなんだけど、食べていかない？」

腰を上げかけた佑樹を夕食に誘《さそ》う。せっかく来てくれたのだから、もう少し一緒にいて欲しかった。

「すげー食いたいけど、母さんにいつもより早めに帰るって云っちゃったんだ。それに、ウチのちびたちに今日は遊んでやるって約束しちゃったからさ」

「そっか、じゃあまた今度来てよ」

「うん。それじゃあ、俺は失礼します。明日、上手く行くといいですね」

「佑樹もありがとう。本当に助かったよ」

ロイは佑樹の手を取り、感謝の証《しるし》に強く握《にぎ》った。カバンを持って立ち上がった佑樹を見送ろうと、一緒に立ち上がる。

「見送りはいいよ」

「玄関《げんかん》まで行くって。ちょっと待ってて下さい。すぐ戻《もど》ってきますから」

ロイを居間に残し、玄関まで佑樹についていく。

「今日は、つき合ってくれてありがとな」

「俺も楽しかった。買い物も面白《おもしろ》かったし、ロイ・クロフォードにも会えたし。でも、あの人ちょっと怒《おこ》ってなかったか？」

佑樹は最後に、小さな懸念《けねん》を口にした。惺にはそんなふうには見えなかったけれど、気づかなかっただけだろうか。

「そうかな？」

「やっぱ、初対面で失礼なこと云ったのがいけなかったのかも。気のせいだったかもしれないけど、ときどき睨《にら》まれてるような気がしたんだよな」

「大丈夫《だいじょうぶ》だよ、あれは佑樹だって謝ったんだし、そんなこと気にするような人じゃないと思うよ。一応、僕からも謝っておこうか？」

「うん、頼《たの》む。成果は明後日《あさって》学校で教えてくれよ」

「わかった」

佑樹の姿が門扉《もんぴ》の向こうに消えるのを見届けてから、居間へと戻った。ロイはすっかり冷めたお茶の残りを啜《すす》っている。

(怒ってるようには見えないけどな)

ロイはよく人の顔をじっと見つめてくる。それが睨んでいるように見えただけなのではないだろうか。しかし、気になるため直接訊《き》いてみることにした。

「あの……やっぱり怒ってたんですか？」

「何がだ？」

惺から質問したのに、逆に訊き返されてしまう。はっきりとは云いにくかったので言葉を濁《にご》したのだが、やはり云わざるを得ないようだ。

「佑樹が気にしてたんです。ロイが怒ってるように見えたって。最初の佑樹の態度が失礼だったことは、僕からも謝ります」

惺の目にはそんなことを気にしているようには見えなかったのだが、他にロイが不愉快《ふゆかい》になるようなことはなかったはずだ。どんなに考えても、それ以外の心当たりがなかったため、恐《おそ》る恐る切り出してみた。

するとロイは気まずそうに苦笑《くしょう》した。

「そんなこと気にしてないよ」

「え、じゃあ――」

だったら、やはりロイが睨んでいたというのは、佑樹の勘違《かんちが》いだったのだろうか。ロイは複雑そうな顔で、その理由を教えてくれた。

「佑樹に対しては、惺が俺の前ではしないような笑顔《えがお》を向けていたのが、少し悔《くや》しかっただけだ」

「は……？」

ロイの言葉の意味が、すぐには理解できない。どうしてそんなことが悔しいのだろう。首を傾《かし》げている惺に、ロイは言葉を重ねる。

「わかってるよ、君たちが親友同士だってことは。お互《たが》いを特別に思っているのは当たり前だ。ただ、俺が嫉妬《しっと》してるだけだ。その気持ちが顔に出てしまったんだろう」

子供が拗《す》ねているときのような物云いをされ、惺は困惑《こんわく》するしかなかった。大人もこんなふうな顔をするときがあるのかとびっくりしてしまう。

「あの、ええと……」

嫉妬したと云われても、どう反応したらいいのかわからない。戸惑《とまど》いつつも、むくれているロイを見ていたら、何故《なぜ》か口元が緩《ゆる》んできた。

いい大人を捕《つか》まえて、可愛《かわい》いと思ってしまうのは失礼かもしれない。けれど、他《ほか》に当てはまる言葉は思い当たらなかった。

そんな気持ちを自覚した途端《とたん》、何故か顔がじわじわと熱くなっていく。

「いや、すまない。いまのは忘れてくれ。みっともないことを云《い》ってすまなかった」

「い、いえ……」

気まずそうな顔をしているロイに対し、惺のほうは心臓までバクバクと高鳴ってきた。

(あれ？　僕、どうしちゃったんだろう……？)

顔の熱さも、胸の鼓動《こどう》も簡単には治まりそうにない。どうしてと思えば思うほど、パニックになってしまう。

「あの、僕、夕ご飯作ってきます！」

動揺《どうよう》を知られないよう、惺は台所へ逃《に》げ込んだ。廊下《ろうか》の冷えた空気に当たっても、頬《ほお》の火照《ほて》りは引いてはくれなかった。

4

「どうもありがとうございました」

運転手に礼を云い、ロイと二人でタクシーを降りた。

ずいぶんとお喋《しゃべ》りな運転手で、ロイとの関係や目的などをあれこれ訊かれたけれど、アメリカからの留学生で、親戚《しんせき》の家に行くところなのだと云って押し通した。それらしい出任せを云うのにずいぶん骨を折ったけれど、ロイの正体はバレずにすんだ。

「すまないな、任せきりにしてしまって」

「いえ、大丈夫です。運転手さん、ロイのことに気づいてないみたいで安心しました」

ロイのねぎらいの言葉に苦笑いを浮《う》かべる。二人で喋ってボロが出ないように、ロイには日本語がわからないふりをしてもらったのだ。

「そうだな。プロ野球が好きだと云っていたのに、まったく気づく様子はなくて助かった。この変装のお陰《かげ》だな」

「そうだったら、佑樹と選んできた甲斐《かい》がありました」

駅の近くでタクシーを捕まえるときが一番冷や冷やしたけれど、誰《だれ》もこちらに気を留めることはなく、むしろ拍子抜《ひょうしぬ》けしてしまった。場所が場所だけに「もしかしたら」とも思われなかったのかもしれない。

「惺の家の辺りとは、ずいぶん雰囲気《ふんいき》が違《ちが》うな」

「そうですね。道も広いし、坂も多いし」

ロイは伊達《だて》眼鏡《めがね》を外して周辺を見回している。確かに、いま立っている場所から見渡《みわた》す限《かぎ》り、いかにも閑静《かんせい》な住宅街といった街並みだ。遠くに犬を散歩させている女性が見えるくらいで、ほとんど人通りもない。戸建ての家も比較的《ひかくてき》大きく、まるでモデルルームのようだ。

「彼女の家は、ここからすぐなのか？」

「はい、そこの道を奥に行ったところみたいです」

家の前では迷惑《めいわく》になるだろうからと、タクシーは少し離《はな》れた路地に停《と》めてもらった。ここからは佑樹に刷り出してきてもらった地図を見ながら向かうつもりだった。

地図と周辺の建物を見比べながら、坂道を上っていく。やがて、周辺の家よりも遥《はる》かに大きな建物が見えてきた。地図上で確認《かくにん》したときも、かなり敷地《しきち》が広いことに驚《おどろ》いたのだが、実際に目にすると迫力《はくりょく》が違う。

「ここなのかな？　佐賀野って表札出てるし……」

「これが『彼女』の家か？」

「多分、そうだと思います。ずいぶん立派なお家《うち》ですね……」

「ああ、地元の名家だと云っていたからな」

まるで時代劇に出てくるような大きな日本家屋で、いかにも名家といった雰囲気だ。そびえ立った壁《かべ》とその向こうに見えている松の木が、圧迫感《あっぱくかん》を与《あた》えてくる。

(確かに厳しいお家っぽい……)

家の外観からのイメージでしかないけれど、堅苦《かたくる》しそうな空気が漂《ただよ》っている。訪ねて行っても、門前払《もんぜんばら》いされてしまいそうだ。

「ここで待つわけにはいかないので、あのへんに移動しませんか？」

「そうだな」

家の目の前でうろうろしているのは、いかにも不審《ふしん》者なので、門が見える位置にある自動販《じどうはん》売機《ばいき》の前に移動した。あとは当人が出てきてくれるのを待つだけなのだが、いざ待機する段になると、いつ出てきてくれるだろうかと不安が擡《もた》げてきた。

「その妹さんの顔はわかるんですか？」

「どうだろうな。玲子が持っていた写真は、一歳に満たない頃《ころ》のものだったからな」

「赤ちゃんのときの写真じゃ全然わからないですよね……」

せめて、小学生くらいになっていれば面立《おもだ》ちもはっきりしていただろうが、乳児の写真ではその成長を想像するのは難しそうだ。

「そうだな。でも、大丈夫《だいじょうぶ》だよ。きっと、玲子に似てるはずだから」

ロイは自信満々にそう云った。ロイの話を聞いていてわかったのは、『玲子』への思い入れがとても強いということだ。家族に対してというよりも、一人の女性として大切にしているように聞こえる。まるで、憧《あこが》れの人だと云わんばかりに。

（……あれ？　何か、またヘンな感じがする……）

甘いものを食べ過ぎて胸焼けを起こしたときのように、胃の辺りがムカムカとしている。しかし、朝食はあまりたくさんではなかったし、胸焼けするようなメニューではなかった。

車酔《くるまよ》いと緊張《きんちょう》のせいだろうと納得《なっとく》していたら、門扉《もんぴ》の脇《わき》にある小さな扉《とびら》から誰かが出てきた。

「あっ、誰か出てきましたよ！」

一瞬《いっしゅん》、身構えたけれど、出てきたのは買い物カゴを手に提《さ》げた年配の人だった。こんな大きな家の前でうろついてたら、怪《あや》しまれて通報される可能性だってある。不審者扱《あつか》いをされないよう、自動販売機の裏にロイを押し込み、惺は何を買おうか迷っているふりをする。

「……いまの人、行っちゃいましたか？」

「ああ、そこの角を曲がっていった。しかし、わざわざ隠《かく》れることはないんじゃないか？」

「念のためです」

変装をしていても、ロイの長身ではどんな場所でも目立ってしまう。ただ立っているだけでも、何をしているのかと不安がられてしまいそうだ。

（僕だって、初対面のときはマフィア関係の人なんじゃって思ったし……）

しかし、それをロイに云うと傷つけてしまいそうな気がしたため、黙《だま》っておいた。

「梢さんって云いましたっけ？　僕と同じくらいの歳《とし》なんですよね？」

「ああ、惺の一つ上だったか」

「じゃあ、十年以上も会ってないんですね……」

梢は突然《とつぜん》、母親からの手紙だと云われて、どんな反応を示すだろうか。喜んでくれれば話は早いけれど、家の事情を聞く限り、そう簡単にいくとは思えなかった。

幼い頃に母親が急にいなくなり、その後、何の音沙汰《おとさた》もなければ、自分のことを捨てていったのではないかと思っていてもおかしくはない。

北風の吹《ふ》きつける中、しばらく待っていたら、今度は高校生くらいのショートカットの女の子が出てきた。ショートパンツにブーツというボーイッシュな格好をしている。

「もしかしてあの子ですか？」

「そうかもしれない。玲子に顔立ちが似てる。惺から見て、歳は近そうか？」

アメリカ人のロイの目には、外見から日本人の年齢《ねんれい》を測るのは難しいようだ。惺は目をこらし、女の子を見つめた。

「多分、同じくらいの年代だと思います。僕、ちょっと訊《き》いてきます」

このタイミングを逃《のが》したら、もうチャンスはないかもしれない。惺は使命感に駆《か》られ、走り出した。駅がある方向へ歩き出した女の子を追いかけ、後ろから思い切って声をかける。

「あの、すみません…っ」

「はい？」

「佐賀野梢さんですか？」

「そうですけど、あの、どちらさまですか…？」

訝《いぶか》しげな顔で振《ふ》り返った梢は、はっきりとした顔立ちの美少女だった。きっと、母親の玲子も相当な美人なのだろう。

梢は怪訝《けげん》そうに惺を見つめ返してくる。いくら同世代と云《い》っても、見知らぬ男に声をかけられ、名前を訊《たず》ねられたら不安にもなるだろう。

「あなたに渡《わた》したい手紙があるんです」

「手紙？　あなたからの？」

「あ、いえ、僕からのではなくて……」

勢いで声をかけてしまったけれど、その先をどう説明するか考えていなかった。悩《なや》んでいたら、後ろから肩《かた》に手を置かれた。

「ありがとう、惺。あとは俺から説明する」

戸惑《とまど》った様子の梢の前に、ロイが姿を現した。初めは訝しげな顔をしていたけれど、ロイが眼鏡《めがね》を外すと驚きのそれに変わった。

「え、ロイ・クロフォード!?」

「よかった、俺のこと知ってるんだね」

「嘘《うそ》、ホントに!? でも、何で…？」

惺とは違い、ロイの顔を見ただけで正体がわかったようだ。女性に大人気というのは、真実のようだ。

有名人の登場に動揺《どうよう》する梢に、ロイは至極《しごく》真面目《まじめ》な顔で告げた。

「はじめまして、梢。玲子――君のお母さんから、手紙を預かってきた。玲子からの伝言もあるんだ。少し時間を取ってもらえないだろうか？」

ロイが玲子の名を口にした途端《とたん》、梢は表情を強張《こわば》らせた。ミーハーに興奮していたのが嘘だったかのように、口調さえ硬《かた》くなる。

「……聞きたくありません。もうあの人とは親子でも何でもないんです。手紙も受け取るつもりはありませんから」

「梢」

「馴《な》れ馴れしく呼ばないで下さい」

「頼《たの》む。少しだけでいいんだ。話を聞いてくれ」

深く頭を下げるロイに、梢は困惑《こんわく》している。いま絶大な人気を誇《ほこ》るメジャーリーガーが自分の目の前に現れ、幼い頃に別れた母親の手紙を持ってきたのだから混乱して当然だ。

「いったい、あなたはあの人とどういう関係なんですか？」

頑《かたく》なな梢に、ロイは自分の立場を簡潔に説明した。

「玲子は俺の義理の母なんだ。つまり、君は俺の義理の妹ってことだ」

「え…!?」

梢にしてみたら、あまりにも突拍子《とっぴょうし》もない言葉だっただろう。しかし、幸いにもそれが幾分《いくぶん》かの興味を引いたようだった。

「私が、妹……?」

「俺の父と再婚《さいこん》したんだ。いま、玲子はアメリカにいる。俺は玲子と会ってから、ずっと君の話ばかり聞いてきたよ」

「……ッ」

何かを堪《こら》えているような面持《おもも》ちで、梢は俯《うつむ》き、視線を落とした。そんな梢に、ロイは優《やさ》しく語りかける。

「十分、いや五分でいいから、俺に君の時間をくれないか?」

「……わかりました。十分だけなら」

真摯《しんし》に頼み込むロイに断りきれないと思ったのか、梢は渋々《しぶしぶ》といった様子だったけれど、承《しょう》諾《だく》してくれた。

この辺りは住宅街で飲食店もないということで、小さな公園で話をすることになった。祝日だが人気《ひとけ》はなく、子供は一人もいない。

惺は話を聞かないほうがいいだろうと思い、二人の座るベンチから離《はな》れた位置にあるブランコで待つことにした。

ちらりと二人の様子を窺《うかが》うと、ロイはさっきの自動販売機《じどうはんばいき》で買った飲み物を梢に渡していた。会話は聞こえないけれど、ぎこちない空気が漂《ただよ》っていることは見てとれる。

(上手《うま》くいけばいいけど)

惺が危惧《きぐ》したとおり、梢は母親に対していい印象を抱《いだ》いていない様子だった。彼女にしてみたら、母親は小さい頃《ころ》に自分を置いていったという印象が強いのだろう。

周りの大人から聞かされていた話で誤解している面もあるかもしれない。そんなすれ違《ちが》いがなかったことにできるとは思わないけれど、今回のことが二人のわだかまりを解く一端《いったん》を担《にな》えればいいのだが。

「え――――?」

考えごとをしていた惺は、梢が手にしていたお茶をロイにかけて早足で立ち去るのを見て我に返った。腰《こし》を落ち着けてから、五分と経《た》っていない。

ぎょっとして駆け寄ると、ロイはお茶で濡《ぬ》れた髪《かみ》を掻《か》き上げながら苦笑《くしょう》した。

「ど、どうしたんですか!?」

「どうも、怒《おこ》らせてしまったらしい。玲子には会いたくもないと云われた」

「玲子さんからの手紙は…？」

「残念ながら、受け取ってもらえなかった」

「そんな…」

「玲子のことばかり話してしまったのがいけなかったんだろう。もっと、梢の気持ちを考えて話をするべきだった」

事情を聞く限り、彼女は母親が傍《そば》にいないことで淋《さび》しい思いをしてきたのだろう。だからこそ、頑なになっているのだろうが、惺には放《ほう》っておけなかった。

生きているのに、話ができる機会があるのに、意地を張って会わないでいたら、いつか後悔《こうかい》するのではないだろうか。そんなふうに思ってしまうのは、惺にはもう二度とそんな機会が訪《おとず》れることがないとわかっているからだ。

永遠の別れを迎《むか》えて、初めて後悔することもある。余計なお世話だと云われるかもしれないけれど、梢にはそれを知ってもらいたかった。

「――それ、貸して下さい！」

「惺⁉」

ロイから手紙を引ったくるようにして受け取り、公園を飛び出した。そして、彼女の消えた方向へと走り出す。幸いにも、すぐに梢に追いつくことができた。

「あの…っ、待って下さい…！」

「まだ何か？」

惺が呼び止めると、梢は渋々といった体《てい》で足を止めてくれた。彼女も少しは未練を感じてくれているのかもしれない。微《かす》かな望みをかけて懇願《こんがん》する。

「せめて、手紙だけでも受け取ってもらえませんか？」

「余計なお世話よ。だいたい、道案内についてきただけのあなたには関係ないでしょう？」

「関係はないかもしれないけど、放っておけません」

「いったいどういうつもり？　お節介《せっかい》はやめて」

息を切らせながら、言葉を探す。どうしたら、話を聞いてもらえるだろうか。どう云《い》えば、耳を傾《かたむ》けてもらえるだろうか。

この手紙を受け取ってもらえなければ、悔《く》いが残るに違いない。惺やロイだけでなく、梢だって、ずっと心に引っかかったままになるだろう。

「お節介かもしれませんが、聞いて下さい」

「だから、聞きたくないって——」

「僕の両親は、中一のときに事故で亡《な》くなりました」

彼女の注意を引くために、敢《あ》えてそう切り出した。こんな話をするなんて卑怯《ひきょう》だと云われるかもしれないけれど、梢に後悔はして欲しくなかったから。

「！」

梢は息を呑《の》み、惺の顔を凝視《ぎょうし》してきた。言葉を失っている梢に対し、惺は一方的に自分の想《おも》いを語る。

「もっと話したかったこととか、訊《き》いてみたかったこととか、たくさんあります。でも、それはもう叶《かな》うことはありません」

惺はそこで一旦《いったん》言葉を切ると、息を吸い直した。梢は俯き、唇《くちびる》を噛《か》みしめている。

「…………」

「あなたが本当にお母さんに会いたくないのなら、それでもいいと思います。でも、そんなふうに怒ってる気持ちがあるなら、話をしたほうがいいと思います」

素直《すなお》な気持ちを口にする。梢の態度を見る限り、心の底から母親を憎《にく》んでいるのだとは思えなかった。意地を張っているようにしか思えなかったのだ。

梢の云うようにお節介でしかないことはわかっている。偽善《ぎぜん》だと云われれば、そうなのかもしれない。それでも、惺は云わずにはいられなかった。

「……ずるい。そんなこと云われたら、云い返せないじゃない……」

「すみません。でも――」

惺が説得の言葉を重ねようとすると、梢は突然《とつぜん》ぐっと手をこちらに突《つ》き出してきた。

「それ、ちょうだい。別にあの人と会うつもりはないけど、手紙だけなら受け取ってあげる。

云っておくけど、返事なんか出さないからね」

意地を張った言葉が返ってきたけれど、それがいまの梢の精一杯《せいいっぱい》なのだろう。それでも、譲《じょう》歩《ほ》してもらえたことが嬉《うれ》しかった。

「ありがとうございます！」

「何であなたがお礼云ってるのよ」

「すみません。でも、ありがとうございます」

梢が母親に連絡《れんらく》を取るかどうかはわからないけれど、手紙を読めば自分がどんなに想われているのかを知ることはできるはずだ。

「私、もう行かないといけないから。……さっきの人にも、お礼云っておいて」

最後の言葉は小さかったけれど、惺の耳にはしっかりと届いた。

「はい！」

惺が力強く頷《うなず》くと、梢は受け取った手紙をバッグに押し込み、足早に去っていった。その小さな背中を見送っていたら、いつの間にかロイが後ろに立っていた。

「ロイ……！」

「手紙、受け取ってもらえたんだな」

「はい、きっと読んでくれると思います。ロイにお礼を云ってました」

「本当に…？」

「はい。あ、あの、ごめんなさい、勝手に出しゃばっちゃって……」

ロイの顔を見たら冷静さが戻《もど》ってきて、出すぎた真似《まね》だっただろうかと不安が擡《もた》げてきた。夢中だったとはいえ、少し図々《ずうずう》しかったかもしれない。

「何を謝ることがあるんだ。ありがとう、惺。お陰《かげ》で玲子の願いを叶えることができた。惺には一生の恩ができたな」

ロイに力強く手を握《にぎ》られ、改めて礼を云われた。ロイのためもあるけれど、自己満足な部分も大きい。そんな自分の気持ちが、だんだんと恥《は》ずかしくなってくる。

「ただのお節介です。梢さんにも、そう云われました」

「いや、惺が話してくれたから彼女も手紙を受け取ってくれたんだ。本当に感謝してる。きっと、玲子も喜んでくれるだろう」

「お役に立ててよかったです」

「電話をかけてもいいか？　この時間ならまだ起きてると思うんだ」

「もちろん。早く知らせてあげて下さい」

惺に断りを入れてから、ロイは携帯電話《けいたいでんわ》を取り出した。国際電話がかけられるタイプの機種なのだろう。手早くボタンを押したあと、待ちきれないといった様子で耳に当てる。

『玲子か？　俺だ、いまいいか？』

すぐに相手に繋《つな》がったようで、英語で話し始めたロイは、惺が見たことのないような晴れやかな笑顔《えがお》を浮《う》かべた。

「……ッ」

ロイの手助けができて、心からよかったと思う。それは偽《いつわ》りのない本心だ。

しかし、玲子に梢のことを報告しているロイの零《こぼ》れるような笑みを見ていると、何故《なぜ》か胸の辺りが重くなっていく。いまは喉《のど》の奥に何かが閊《つか》えているかのようだ。

この笑顔は他《ほか》の誰《だれ》でもなく、玲子へ向けたものなのだ。だが、この感情の理由がわからず、惺は困惑《こんわく》した。

(何で……？)

疑問に思いかけたそのとき、ロイの昨日の言葉を思い出した。佑樹に向ける笑顔が特別だから嫉妬《しっと》した、と云っていた。もしかしたら、自分も玲子に嫉妬しているのかもしれない。きっと、ロイにこんなにも大事にされている玲子が羨《うらや》ましいのだろう。

玲子のことは大事な家族、と云っていた。しかし、ロイはきっと玲子に恋《こい》をしていたに違《ちが》いない。いや、もしかしたら、いまでも玲子を愛しているからこそ、彼女の助けになりたいと思ったのだろう。

普通《ふつう》に考えたら、顔の売れているメジャーリーガーが目立たずに一般《いっぱん》人に手紙を届けにいくなんて無茶《むちゃ》な話だ。むしろ、玲子が日本人の知り合いなどに頼《たの》むほうが現実的だろう。きっと、今回の件はロイが云い出したのだろう。俺に任せておけと名乗りを上げたに違いない。

玲子の痛いほどの気持ちを知っているからこそ、どうにかして二人の接点を作ろうとしたのだろう。

そんな純粋《じゅんすい》な気持ちを持って動いているロイに対して、こんな歪《いびつ》な感情を抱《いだ》いている自分が嫌《いや》になる。ロイも佑樹に嫉妬したと云っていたけれど、こんなふうな不純な想いを抱いていたわけではないはずだ。

昨日から、ずっと胸の辺りにもやもやとした不可解なものを感じていた。さっきは車酔《くるまよ》いか何かだろうと考えていたけれど、それだけじゃ説明がつかないことも薄々《うすうす》自覚していた。

(……気づかなきゃよかった)

ロイにとって自分はただの友人だ。こんな感情を持つ資格なんてない。憧《あこが》れるだけならともかく、恋をしていい人ではない。本当は住んでいる世界の違う人なのだから。

「待たせたな、惺」

「……っ、も、もう、電話はいいんですか？」

「ああ、報告は終えた。泣いて喜んでくれたよ」

「よかったですね」

戸惑《とまど》いを押し隠《かく》し、精一杯の笑顔を返す。喜ぶロイに水を差したくはない。

「本当にありがとう。惺には感謝してもしきれない」

見蕩《みと》れてしまいそうなほどの曇《くも》りのない笑顔が、いまは胸に痛かった。

最寄《もよ》り駅の近くまで行ってタクシーを捕《つか》まえ、地元に戻ってきた。帰りは寡黙《かもく》な運転手だったため、行きのときのような苦労はせずにすんで助かった。

正直、明るく話ができる状態でなかったため、寝《ね》たふりをして車中を過ごしていた。

「疲《つか》れただろう。すまなかったな、朝からつき合わせてしまって」

「いえ、大丈夫《だいじょうぶ》です」

「どうせなら、どこかで食事でもしてくればよかったな。横浜なら少し足を伸《の》ばせば観光もできたのにな」

「そんな人が多いところに行ったら、すぐにファンに見つかっちゃいますよ」

「いや、この格好ならいけると思うんだが」

「あんまり油断しないほうが――」

普通に軽口が叩《たた》ける自分にほっとしながら、自宅へ向かっていた悍は家の前にスーツを着た男の人が立っていることに気がついた。

ロイの居場所がパパラッチにバレたのだろうかと身構えた瞬間《しゅんかん》、ロイが横で声を上げた。

「ユーイン！」

「おかえりなさい」

彼はこちらを向き、優雅《ゆうが》に微笑《ほほえ》みかけてきた。やや長めの黒髪《くろかみ》に縁取《ふちど》られた顔立ちは涼《すず》やかで、ロイとは系統の違う美形だ。

「何でこんなところにいるんだ。さっき、来るなと云《い》っておいただろう」

「あなたを迎《むか》えに来たんですよ。用はすんだんですよね？　あなたの荷物はこちらで押さえているホテルに移しておきましたので、安心してホテルにお戻り下さい」

「まだいいだろう。まだ余裕《よゆう》があるはずだ」

「何を云ってるんですか。きちんと練習をして下さい。交流試合だからと云って手を抜《ぬ》くなんて許しませんよ」

二人の遣《や》り取りを見る限り、どうやらロイの知り合いのようだ。

（ていうか、球団の関係者なのかな…？）

丁寧《ていねい》な口調だけれど、彼のほうが強い立場にいるのだろう。最初から、ロイは押されっぱなしだ。）

「失礼しました。ご挨拶《あいさつ》が遅《おく》れましたが、私はユーイン・ウォンと申します。ブラックラビッツで広報をしておりまして、いまは彼のマネージャーといったところでしょうか。あなたは森住惺さんですよね？」

彼は横に立っている惺に気づくと、にっこりと微笑みかけてきた。

そういえば、さっきロイは玲子への電話のあと、もう一件電話をかけていた。その電話ではずいぶん謝っていた様子だったけれど、あのときの相手は彼だったのかもしれない。

「あ、はい、ご丁寧にどうも……」

差し出された名刺《めいし》を受け取ってから、思わず彼の顔と見比べてしまう。

アジア系の顔立ちで流暢《りゅうちょう》な日本語を話すから、てっきり日本人だと思ってしまったけれど、そうではなかったらしい。ロイもかなり上手《うま》いけれど、ユーインの発音には何の違和感《いわかん》も覚えない。ユーインはそんな惺の戸惑いを察して疑問に答えてくれた。

「私は日本人じゃないんですよ。中国系アメリカ人なんです」

「そうなんですか！　日本語、お上手ですよね」

「ありがとうございます」

華《はな》やかな笑顔につい気圧《けお》される。長身の二人が並ぶ姿は壮観《そうかん》だ。

「あ、あの、よかったら中にどうぞ」

こんな場所で立ち話をしていたら体が冷えてしまうし、いくら人通りが少ないとは云え、目を惹《ひ》く容姿の二人が立っていたら無駄《むだ》に目立ってしまう。

「それでは、お言葉に甘えてお邪魔《じゃま》させていただきます」

「上がっていくのかよ！」

「あなたは文句を云える立場にないと思いますが？」

不満そうにしているロイに、ユーインは冷ややかな視線を投げる。

「う……」

二人の遣り取りを横目に玄関《げんかん》を開け、中へと招き入れる。ユーインに居間で座布団《ざぶとん》を勧《すす》めると、綺麗《きれい》な姿勢で正座をした。ただ座るだけの動作なのに、一つ一つの所作が美しく、つい目を奪《うば》われてしまう。

「こちら、つまらないものですがよろしければ」

「え、あ、わざわざすみません」

ユーインから菓子折《かしおり》を渡《わた》され、改まった雰囲気《ふんいき》になってしまった。ロイも何となく居心地《いごこち》が悪そうな顔をして惺の隣《となり》に座っている。

「このたびは大変ご迷惑《めいわく》をおかけして、申し訳ありませんでした」

「頭を上げて下さい！　迷惑だなんて思ってませんから！」

「そう云っていただけると助かります」

綺麗な顔で微笑まれると、思わずドキリとしてしまう。やや吊《つ》り目がちの奥二重《おくぶたえ》の瞳《ひとみ》はミステリアスだ。

(この人も俳優さんみたいだよな)

白磁の肌《はだ》というのは、こういう人のことを云うのだろう。俯《うつむ》くたびに揺《ゆ》れるサラサラの黒髪は、まるで絹のようだ。ロイの周りにいる人は、綺麗な人が多いのだろうか。

ユーインに見入っていると、さて、といった仕草でロイのほうへ向き直った。軽く咳払《せきばら》いをしてから、口を開く。

「云い訳を聞かせてもらいましょうか？　私に黙《だま》って先に日本に来るなんて、いったい何を考えてるんですか」

「お前に目的を云ったら、一人で行かせてはくれないだろう」

「当たり前です。自分の立場を考えて下さい。そうやって好き勝手に行動することが、周りの迷惑になることをいい加減自覚したらどうですか」

「伝言は残していったじゃないか。それに自分からは目立つようなことはしていない」

物腰《ものごし》は丁寧だけれど、ユーインがロイに対してずいぶんと怒《おこ》っているらしいことはよくわかる。話を聞く限り、ロイは周囲にも内緒《ないしょ》で日本に来ていたらしい。つまり、何もかも事後承《しょう》諾《だく》だったということだ。

チームの要《かなめ》がいきなり姿を消したとあっては、きっと関係者は大騒《おおさわ》ぎだったことだろう。自分がユーインの立場だったら、胃が痛くなる程度ではすまない。

「あなたの知名度を考えて下さい。その大きな体で立ってるだけで目立つんですよ！」

「身長は自分では変えられないんだから、どうしようもないだろう」

「だから、大人しくしていて下さいって云ってるんです。手紙なんて、誰《だれ》かに預ければいいじゃないですか」

「俺から直《じか》に玲子の言葉を伝えたかったんだよ。他人に任せられることじゃない」

「でも、結局は彼に手助けしてもらったんですよね？」

「それは……」

ロイを云い負かせたユーインは、わざとらしい仕草で肩《かた》を竦《すく》める。

「まあ、過ぎたことを云っても仕方ないですね。とにかく、一緒《いっしょ》にホテルに戻《もど》って下さい。日本にいる間くらい、私の目の届く範囲《はんい》にいてもらわないと困ります。ハイエナのような人たちが嗅《か》ぎ回ってるんですからね」

「もう少しだけ、ここにいさせてもらえないか？」

「何を云ってるんです、いつまで彼に迷惑をかけてるつもりなんですか？　森住さんからも帰るよう云ってやって下さい」

日本語で話していたのは、惺に会話の内容を聞かせることで、一緒にロイを説得して欲しいからかもしれない。

「惺は迷惑じゃないって云ってる」

「日本人は控《ひか》えめなんです。本音はなかなか云わないんですよ」

「そうなのか？」

「ええと……」

いきなり話を振《ふ》られて困ってしまう。そんなことを直接訊《き》かないでもらいたい。ロイにじっと見つめられているせいで、答えがたどたどしくなってしまった。

「どうなんだ、惺?」

「僕はとくに困ってはいませんけど……」

むしろ、いまはもっとここにいて欲しいと思っているくらいだ。けれど、そんなことをロイやユーインに云うわけにはいかない。

「いまは困ってなくても、ここにパパラッチが押しかけでもしたらどうするんですか。彼らのしつこさはあなたもよく知っているでしょう」

「それは――」

現実的な問いに、言葉を返せない。もしそんなことになってしまったら、一人では対応できないだろうし、近所の人たちにも迷惑がかかってしまう。だからと云って、ロイに出ていけとは云いたくない。

惺が押し黙っていたら、ロイが先に折れた。

「わかった、わかったよ。ホテルに戻る。帰国まで大人しくしてるよ。惺を困らせたくはないしな」

「わかってくれればいいんです」

「その代わり、戻るのは明日でいいだろう? 朝一にここを出るよ」

「……わかりました。明日の朝、迎《むか》えをよこします」

ユーインは大きくため息をつきつつも、ロイに譲歩《じょうほ》してくれた。

「ありがとう、ユーイン」

「その笑顔《えがお》は私には効果ありませんから、無駄遣《むだづか》いしないで下さい。愛嬌《あいきょう》を振りまく余裕《よゆう》があるなら、それはファンに向けて下さい」

ユーインの素っ気ない言葉に、ロイは苦笑いしかできないようだった。


「ごちそうさま」

ロイは惺の真似《まね》をして、食事の前後に手を合わせるようになった。

「お粗末《そまつ》さまでした。お茶飲みますよね？」

「ああ、頼《たの》む」

すでに当たり前の遣《や》り取りになってしまった。だけど、こうしてロイと過ごす夜は、これが最後なのだ。ロイに出逢《であ》ってから一週間も経《た》っていないというのに、ずいぶん長い時間を共に過ごしたような感じがする。

明日になれば、この夢のような日々も終わる。それは当たり前のことなのに、名残惜《なごりお》しくてたまらない。

（往生際《おうじょうぎわ》悪いな、僕も）

もっと一緒にいたいと云《い》えば、優《やさ》しいロイは困りつつも悍の願いを叶《かな》えようとしてくれるだろう。だけど、悍にはそれを口にすることはできなかった。

「…………」

「どうした？」

「ううん、何でもないです」

とんでもないこともしてしまったけれど、ロイと一緒にいられて本当に楽しかった。日常では味わえないわくわく感も味わえたし、人を好きになる気持ちを教えてもらった。

叶わない恋《こい》でも、こんなに素敵《すてき》な人を好きになれたことは誇《ほこ》らしい。

（この気持ちは、誰にも云わずに大事に取っておこう）

ロイと出逢えたことは、大切な宝物だ。いまは別れが辛《つら》いけれど、いつか穏《おだ》やかに振り返れる日が来るはずだ。

「あ、そうだ。さっき、ウォンさんからもらったお茶菓子《がし》食べますか？　和菓子みたいだから、口直しにいいと思うんですけど、お腹《なか》に入りますか？」

「いくらでも入るから心配するな」

有名な銘菓《めいか》の名が入った包み紙を剝《は》がしていたら、玄関《げんかん》のチャイムが鳴った。

「こんな時間に誰だろう？」

「佑樹か？」

「佑樹なら来る前に連絡《れんらく》してくれると思うんですけど……。近所の人かもしれないから、ちょっと出てきます」

もしかしたら、お隣《となり》の奥さんかもしれない。一人暮らしの惺を気遣って、よくおかずを差し入れてくれるのだ。

「俺もついていこうか？」

「大丈夫《だいじょうぶ》ですよ。ここは日本なんですから、銃《じゅう》を持った人が来ることはありません」

心配するロイを残して玄関へ行き、ガラス戸の向こうへと声をかけた。

「どちらさまですか？」

「俺だ。大岩だ」

「せ、先生⁉　こんな時間にどうしたんですか？」

返ってきた声にびっくりする。こんな遅《おそ》い時間に担任教師の訪問を受けるとは思わなかった。

「どうしてるかなと思って。近くまで来たから、様子を見にきたんだ」

「ちょ、ちょっと待って下さい」

惺は一旦《いったん》家の中に戻り、ロイに声を潜《ひそ》めて断りを入れる。

「すみません、担任の先生が様子を見にきてくれたみたいです」

「学校の教師が何故《なぜ》こんな時間に来るんだ？」

「理由はわかりません……。すみませんが、隠《かく》れててもらえますか？　ロイがいるってわかったら、何か云われるかもしれませんし」

「俺のことは気にするな。しかし、こんな夜遅くに生徒の家に来るなんて、そいつは信用できるのか？」

「大丈夫ですよ。僕が一人暮らしだから、たまに様子を見に来てくれるんです」

大岩は休みの日などに、困っていることはないかとこうして訪ねてくれるのだ。だが、こんな夜遅くに来たのは初めてだ。

(近くまで来たって云ってたけど、このへんに何の用だったんだろう？)

知り合いでも住んでいるのだろうか。

「何かあったら俺を呼ぶんだぞ」

「わかりました」

心配するロイを安心させるために素直《すなお》に頷《うなず》いておいた。念のため、ロイの靴《くつ》を隠してから、玄関の鍵《かぎ》を開ける。

「すみません、お待たせして」

奥に上げるわけにはいかないので、玄関の上がり框《がまち》に座ってもらった。今日はロイがいるため、あまり長居はして欲しくない。

「いや、急に訪ねた俺が悪かったんだ。風呂《ふろ》にでも入ってたのか？」

「え？　はい、そんなところです」

ロイに事情を説明していたと云うわけにもいかず、曖昧《あいまい》に返す。

「すまないな、急に来てしまって。今日もバイトだったのか？　昼間いなかっただろう」

「いえ——あ、はい、そうです」

違《ちが》うと云いかけたけれど、わざわざ今日のことを話す必要はない。しかし、何故大岩は昼に
悍がいなかったことを知っているのだろう。

「大変じゃないか？　バイトをしながらの生活は」

「いえ、バイト自体は長時間ではないですし、そこのご夫婦《ふうふ》もよくしてくれるから、逆に助か
ってるんです」

「そうか、あまり無理はしないようにな。困ったことがあったら、何でも俺に云うんだぞ。奨《しょう》
学《がく》金も、できるだけ有利になるよう口添《くちぞ》えしてやるから」

「はあ……」

生返事をしつつ、ロイのことが気になって、そわそわしてくる。

（早く帰ってくれないかな…）

いつまでもロイを待たせておきたくはないのだが、大岩が腰《こし》を上げようとする気配はない。

「森住のようないい子が、こんな苦労をしないといけないなんてな。つくづく、世の中は不公
平にできてると思うよ。可哀想《かわいそう》にな」

「……苦労をしてるとは思ってないから、大丈夫ですよ」

自分のことを気にかけてくれるのは嬉《うれ》しいが、時折、恩着せがましく感じるときがある。笑いながら告げたけれど、あまりいい気分でないことは確かだった。

こういうふうに不憫《ふびん》がられるのは、惺にとって一番嫌《いや》なことだ。見下ろすように同情されているようで、不愉快《ふゆかい》な気持ちにしかならない。

大岩としては自覚がないのかもしれないけれど、『可哀想』だから『面倒《めんどう》を見てやっている』という空気を感じてしまう。責任感が強いことは確かなのだろうが、その無神経さが今日は少し鼻についた。

「そうやって、俺の前で見栄《みえ》を張らなくていい。辛いときは辛いと云っていいんだからな」

「本当に大丈夫ですから、そんなに気を遣《つか》って下さらなくていいですよ。僕ばかり先生の手を煩《わずら》わせてるわけにはいきませんから」

「森住のことは、どうしてか放《ほう》っておけないんだ」

「それは僕の境遇《きょうぐう》のせいだと思いますよ。でも、近所の人もいい人たちばっかりだし、仲のいい友達もいますし、充分《じゅうぶん》恵《めぐ》まれてます」

「いや、それだけじゃない。森住ががんばってるから、少しでも力になりたいと思うんだ」

「あ…ありがとうございます」

顔を近づけてくる大岩を避《さ》けようとして、体を仰《の》け反らせる。そのせいで、後ろに尻餅《しりもち》をついてしまった。

「――森住」

「なんですか……？」

「君のことは、初めは生徒の一人でしかなかった。だが、俺を慕《した》ってくれる君を見ていて、どんどん惹《ひ》かれていった」

「は……？」

大岩は急に目の色を変えて、意味のわからないことを云ってきた。

「好きなんだ、森住」

「な……――」

云われた言葉に、絶句した。

大岩の云っていることは微塵《みじん》も理解できない。教師として頼《たよ》りにしているし、感謝もしているけれど、彼を個人として見たことはないし、特別視して慕っていたつもりもない。

それに彼から寄せられる気持ちも、『惺』に対してのものだったとは思えない。むしろ、『可哀想な生徒』に向けられたものとしか感じられなかった。

「せ、先生は本当に僕が好きなんですか？　頼ってくる生徒だから、勘違《かんちが》いしてるだけなんじゃないんですか？」

「そんなことはない。大人しくて、素直な君だから惹かれたんだよ」

「……っ」

つまり、何をしても黙《だま》っていそうだと思われたということか。

気をつけろと云《い》っていた佑樹は正しかった。二人きりにはなるなという忠告をいまさら思い出したけれど、もう遅い。上がり框に尻餅をついていた惺の上に、大岩がのしかかってくる。

「先生、何考えてるんですか…⁉」

「こうでもしないと、俺が本気だということをわかってくれないだろう？」

「そういう問題じゃありません！」

「怖《こわ》がらなくていい。森住は目を瞑《つぶ》ってるだけでいいんだ」

「や…やめて下さい…っ、先生⁉」

必死に懇願《こんがん》するけれど、大岩は話を聞いてくれない。慣れた手つきで両手を床《ゆか》に押しつけられる。云いようのない恐怖《きょうふ》と嫌悪感《けんおかん》に体が強張《こわば》り、まともに抵抗《ていこう》することもできなかった。

(怖い——)

信頼《しんらい》していた大人に裏切られたという事実がショックで、体が思うように動かない。制止の声も上擦《うわず》って掠《かす》れてしまう。

「森住」

「やだ……っ、ロイ、助けて……！」

生臭《なまぐさ》い息が気持ち悪くて思わず目を瞑った瞬間《しゅんかん》、体の上に乗っていた重さがふっと消えた。

目を開けると、ロイが大岩を引き剝《は》がしていた。

「ロイ⁉」

大岩はいきなり現れたロイに驚《おどろ》いて、啞然《あぜん》としている。

「な、何なんだお前は」

「名前くらい聞いたことあるだろ。ロイ・クロフォードだ。ここがアメリカなら、撃《う》ち殺してやるんだがな」

「ロイ…？　え、ロイ・クロフォード——が…っ⁉」

玄関《げんかん》が開けられたかと思うと、ロイの拳《こぶし》が大岩の頰《ほお》に叩《たた》き込まれ、その大柄《おおがら》な体が外に吹《ふ》っ飛んでいった。地面にうち捨てられたかのように倒《たお》れ込んだ大岩の口元は赤く染まっている。

「いまのは正当防衛だ」

「〜〜〜っ」

大岩は口を押さえて呻《うめ》いている。どうやら、歯が折れたようだ。柔道《じゅうどう》の現役《げんえき》時代はそこそこの選手だったらしいが、呆然《ぼうぜん》としているばかりで向かってこようとはしなかった。

いきなり有名なメジャーリーガーが現れたことと、その人物に殴《なぐ》り飛ばされたことに衝撃《しょうげき》を受けているのだろう。

「お前、これが初めてじゃないだろう。毎回、こうやって教師の立場を利用して生徒に手を出してるのか？　調べれば余罪がたくさん出てきそうだな」

「……っ」

ロイの低い問いかけに、大岩は表情を強張らせた。その反応に、図星を指されたのだということがわかる。

「いま、警察を呼ばれたくなかったら、さっさと失《う》せろ。二度と惺に近づくな。もし惺を悲しませるようなことをしたら、次は命がないと思え」

そう云い捨て、ロイは玄関をぴしゃりと閉じ、鍵《かぎ》をかけた。そして、動揺《どうよう》し、腰が抜《ぬ》けている惺を抱《かか》え上げた。

「ろ、ロイ⁉」

「心配するな。部屋に連れていくだけだ」

腰が抜けていることを見抜かれていたようだ。ロイに自室へと運ばれ、ゆっくりとベッドの上に下ろされる。

「体を温めたほうがいい。暖房《だんぼう》はこれでつければいいのか？　いま、飲み物を持ってくる。何か口にしたほうが落ち着くだろう」

「待っ……！」

台所に行こうとしたロイの服の裾《すそ》を咄嗟《とっさ》に摑《つか》んで引き留めた。

「惺？」

「ひ…一人にしないで下さい…」

自覚している以上にショックだったらしい。ロイのシャツを摑んだ指先が冷え切っている。押さえつけられていた手首に残る不快感に、鳥肌《とりはだ》が消えない。

（指の震《ふる》えが止まらない）

ロイにはあれ以上のことをされたのに、こんなふうな嫌悪感は一切《いっさい》なかった。けれど、大岩の顔が近づいてきた瞬間、この世の終わりのように思えた。

「怖かったな」

頭を撫《な》でられ、小さく頷《うなず》く。いま、ロイがいてくれて本当によかった。自分一人でいたら、恐怖と不安に飲み込まれていたはずだ。

「……悍が嫌だったらいますぐ突《つ》き飛ばしてくれていい」

「え？」

訊《き》き返す前に、その腕《うで》に抱《だ》きしめられた。一瞬《いっしゅん》、呼吸と共に時間が止まった気がした。

驚きはすぐに消え、安心感に包まれる。その体温と匂《にお》いに、恐怖に強張っていた体が徐々《じょじょ》に緩《ゆる》んできた。

「こうしてたほうが落ち着くかと思ったんだ。嫌だと思うなら云ってくれ」

気まずげに云い訳をしているロイに、少しだけ笑いが込み上げてきた。

「嫌じゃないです。ロイなら、触《さわ》られても嫌じゃないし」

そう云った途端《とたん》、さらに強く抱き竦《すく》められる。寄り添《そ》う体は温かく、その逞《たくま》しい腕の中はどこよりも安心できる場所だった。

「大丈夫だ、俺がついてる」

「……うん」

しかし、佑樹に注意されていたとは云え、あの瞬間まで大岩があんなことをしてくるなんて疑いもしていなかった。もし、この家に一人でいたなら、いま頃《ごろ》どうなっていたかわからない。

「でも、先生はどうしてあんな……。僕がいけなかったんでしょうか……？」

大岩は惺が特別な好意を寄せているのだと誤解していた。親身になってくれる大岩に、無意識に甘えていたところでもあったのだろうか。

「惺のせいなわけないだろう。お前は被害者《ひがいしゃ》だ。気に病《や》む必要はない」

「でも、僕にも何か原因があるのかも」

ロイと一緒《いっしょ》にいる自分が浮《う》かれていることは自覚している。そんな気分が大岩に伝わって、あんな勘違いをさせてしまったのかもしれない。

「そうやって自分を責めるな」

「だって――」

口を開きかけたけれど、すぐに口籠《くちご》もる。

(云えるわけない――ロイのこと好きになったなんて)

いま、こうして抱きしめてくれてるのは、彼の優《やさ》しさだ。自分こそ勘違いしてはいけない。

同性にも興味がある人ではあるけれど、惺がその対象になれるわけはない。

「惺？」

「な…何でもないです。図々《ずうずう》しく甘えちゃって、すみませんでした」

我に返った惺は、ロイの胸を手で押してその腕から逃《のが》れようとした。このまま、ロイの体温を感じていると切なさが募《つの》っていってしまいそうだった。

「どうしてそんな泣きそうな顔をしてるんだ？」

「……っ」

「すまない、やっぱり嫌《いや》だったたな」

「違《ちが》うんです！　僕が悪いんです！　僕が、好きになっちゃったから……っ」

「――――」

「あ、ごめんなさい！　迷惑《めいわく》ですよね、僕なんかにこんなこと云われたら！　でも、ロイのことばっかり考えちゃうし、いまだってドキドキしてるし、慰《なぐさ》めてくれてるだけだってことはわかってます。でも……っ」

目を丸くしているロイに必死に謝るけれど、パニックに陥《おちい》ってしまっているせいで自分が何を云っているのかよくわからない。

「少し落ち着け。少しも迷惑じゃない。むしろ、嬉《うれ》しいよ。ただ、驚いて言葉が出なかったただけだ」

「いいんです、気を遣《つか》わないでも。ホントすみません、いきなりヘンなこと云《い》って」

できることなら、発してしまった言葉を取り戻《もど》したい。でも、それは無理な話だ。

「少しもヘンなことじゃない。そんなこと云ったら、俺のほうがよほど迷惑をかけているだろう。初対面で家まで押しかけてるんだからな。しかも、下心がなかったとも云いきれない。よく考えたら、俺もあの男も変わらないよな。いい大人のくせに、惺の人のよさにつけ込んで——

——」

「ロイは違います！」

惺は咄嗟に反論した。何が違うのか、上手《うま》く説明できないけれど、大岩とロイは同じではない。同情されることの多い境遇《きょうぐう》の惺は、相手の好意が本物かどうか何となく悟《さと》れてしまう。少なくとも、ロイの言葉は上辺だけではないと信じられる。

「惺……」

「ロイはちゃんと『僕』を見てくれてると思うし、先生みたいに怖《こわ》くないし、玲子さんのために一生懸命《いっしょうけんめい》になってたし、先生と同じじゃないです！」

思いつく限りの理由を云いながら顔を上げると、ロイのまっすぐな眼差《まなざ》しと視線がかち合った。目が合った瞬間、我に返り恥《は》ずかしくなる。

「あ、あの、だから、僕が云いたいのは——」

告白するつもりなんてなかったのに、慌《あわ》てて取り繕《つくろ》おうとしているせいでさらに余計なことを云ってしまった。

(もう逃《に》げたい)

失恋《しつれん》することは覚悟《かくご》していたけれど、こんなふうに玉砕《ぎょくさい》するつもりはなかった。泣きたい気持ちになりながらも、視線はまだ搦《から》め捕《と》られたままだ。

「惺——」

「え?」

混乱していたせいで、ロイの顔が近づいてきていることに気がつくのが遅《おく》れた。戸惑《とまど》っているうちに唇《くちびる》が重ねられる。

(キス、されてる……?)

目を見開いたままの惺から、すぐにロイはそっと唇を離《はな》した。

「ありがとう、惺。でも、初めて会った子に一目惚《ひとめぼ》れして、あわよくば親しくなりたいと思っていたら、それはやはり下心だろう?」

「え……?」

いま、聞き捨てならない単語が交じっていた気がする。

(一目惚れって……何……?)

思考回路が上手く働かず、何度も目を瞬《またた》かせる。どんなに考えても、自分に都合のいい解《かい》釈《しゃく》に辿《たど》り着いてしまう。

「初めは軽い気持ちがなかったとは云いきれない。だが、赤の他人の俺のために一生懸命になってくれる姿にどんどん惹《ひ》かれていった。一緒に過ごしていくうちに、初対面の時の直感は正しかったってわかったんだ」

「惹かれ――って……え？」

「両想《りょうおも》いってことでいいんだよな？」

「……嘘《うそ》……」

ロイの問いかけに呆然《ぼうぜん》と呟《つぶや》く。

「俺が嘘を吐《つ》くような男に見えるか？　それに悪趣味《あくしゅみ》な冗談《じょうだん》も好きじゃない」

ん？　と顔を覗《のぞ》き込まれ、惺は勢いよく首を横に振《ふ》った。いつも物云いは大袈裟《おおげさ》だけれど、嘘を吐くような人ではない。自分と同じ気持ちでいてくれているのかどうかはわからないけれど、好意を持ってくれているのは本当なのだろう。

だけど、頭で理解できても気持ちが追いつかない。動揺《どうよう》に視線を泳がせてしまう。

そのとき、ふとあることを思い出した。ロイが日本に一人で来て四苦八苦していたのは、とある女性のためだった。

「じゃあ…あの……玲子さんは？」

好きな人だから、あんなにも必死だったのだろうと思っていたのだが、それは惺の思い過ごしだったのだろうか。

「どうして、玲子が出てくるんだ？」

「ロイの好きな人って、玲子さんじゃないんですか？」

「もちろん好きだよ。でも、それは大事な家族としてだ。惺への気持ちとは違うよ」

「どう違うんですか？」

好きになっていい相手と、よくない相手。自分自身が有利な点は、それしか思い当たらない。

「何もかも欲しいと思うのは惺だけだ。触《ふ》れるのも、見つめるのも、全《すべ》て独占《どくせん》したくなる。そうじゃなかったら、友達にまで嫉妬《しっと》なんかしない」

「……ッ」

甘い囁《ささや》きに、ぞくぞくと背筋が震《ふる》える。さっきまでは確かにあった恐怖《きょうふ》から来るおののきは、いつの間にかどこかへ行ってしまっていた。

「恋《こい》をするってそういうことだろう？」

「ぼ、僕は……」

生まれて初めての恋だから、正直なところ、まだよくわからない。でも、触れられるのはロイ以外は嫌だ。ロイに見つめられると、恥《は》ずかしいけれどドキドキするし、ロイを見ているだけで嬉しい気持ちになる。

「もう一回云って、惺。俺のことどう思ってる？」

「……好き、です」

　口にした瞬間《しゅんかん》、ぎゅうっと胸が締《し》めつけられる。それは決して嫌な感じではなく、切なくて苦しいものだった。

「俺も惺が好きだよ」

　顎《あご》を掬《すく》われ、戸惑う間もなく、再び唇を奪《うば》われた。動揺しているはずなのに、思わず目を閉じてしまう。二度目のキスで、惺の体からは力が抜《ぬ》けていった。

　これは、夢なのではないだろうか。危機を好きな人に救ってもらい、そして、告白されるなんてまるで映画だ。夢心地《ゆめごこち》で、優《やさ》しく啄《ついば》まれる感触《かんしょく》に吐息《といき》を零《こぼ》したら、唇の隙間《すきま》からぬるりとしたものが忍《しの》び込んできた。

「ん……ッ」

　口の中にロイの舌が入ってきたのだとわかり、カッと体が熱くなる。さっきの触れるだけの口づけとは違って、交わりは濃厚《のうこう》になっていった。

　上顎《うわあご》をなぞり、舌を絡《から》めてくるロイの動きに翻弄《ほんろう》され、すぐに息が上がってしまう。ロイの服の端《はし》を握《にぎ》りしめ、初めて味わうキスに溺《おぼ》れそうになるのを耐《た》えていると、不意に唇が離れていった。

「……ロイ……？」

「すまない、つい我を忘れてしまった。惺が相手だと理性が飛ぶな」

　そう云って、体を離そうとしたロイを思わず引き留めてしまう。まだいまは離れていって欲しくない。

「もう少し、近くにいて下さい」

「そうしてやりたいのは山々なんだが、これ以上触れていると自分が抑《おさ》えられなくなりそうなんだ」

「お…抑えなくていいですから……」

緊張《きんちょう》に上擦《うわず》ったか細い声で縋《すが》った。ロイがどんなことを考えているのか、惺にはわからない。けれど、何をされてもかまわないから、傍《そば》にいて欲しかった。

「飢《う》えた男にそんなことを云うものじゃない。どんな目に遭《あ》うか知らないから云えるんだ。今夜はゆっくり休んだほうがいい。いまは気持ちが昂《たか》ぶっているだろうからな」

「無理です、そんなこと……」

「惺……」

キスに反応した体はすでに熱を持ってしまっている。放《ほう》っておいて勝手に冷めてくれるとは思えない。

しかも、気持ちに気づく前のこととは云え、一度は触れられた体だ。あのときロイに与《あた》えられた感覚を思い出して、期待に疼《うず》いてしまっている。こんな状態で簡単に眠《ねむ》れるわけがないではないか。

「——いいのか？　全部、俺のものにしてしまっても」

「……はい」

こくりと小さく頷《うなず》くと、何もかも奪い去るように口づけられた。それはやはり嵐《あらし》のようで、一瞬《いっしゅん》で惺の意識を奪っていった。


障子越《ご》しの月明かりが、こんなに明るく感じられるのは初めてだ。

ベッドの上で脱《ぬ》がされていく自分の頼《たよ》りない細身も、上着を脱ぎ捨てたロイの鍛《きた》え上げられた肉体も、しっかりと見えている。

（心臓、壊《こわ》れそう）

さっきから、これ以上ないほどの早鐘《はやがね》を打っている。自分の内側から聞こえる音をうるさく感じることがあるなんて知らなかった。

「……ッ」

そっと横たえられたあと、ボタンを全て外されたシャツの下に、ロイの大きな手が忍び込んでくる。そのかさついた感触に、びくりと体が震えた。怖《こわ》いわけではないけれど、どうしようもなく緊張している。

そんな惺に、ロイは苦笑いを浮《う》かべた。

「何だか、悪いことをしている気分だな」

「どうしてですか…？」

「惺はまだ未成年だろう。下手をしたら、俺は犯罪者だ」

正確な年齢《ねんれい》は聞いてはいないけれど、多分、十歳くらい違《ちが》うだろう。ロイの歳《とし》からしたら、高校生なんてまだまだ子供なのかもしれない。

「でも、僕ももう十七です。何もわからない子供じゃありません。それにあと一年もすれば僕も十八歳です。日本の男子は十八歳から結婚《けっこん》できるんですよ？」

まさに今日、誕生日を迎《むか》えた。未成年という意味では大人ではないかもしれないけれど、自分の行動くらい自分で責任が取れる。

少しでも背伸《せの》びしたくてそんなふうに云《い》うと、ロイは一瞬目を瞠《みは》ったあと、口の端《はし》を持ち上げて笑った。

「気が早いな。もう結婚の話か？」

「ち、違…っ、そんな意味で云ったんじゃ——んっ」

揶《や》揄《ゆ》され、自分の云った言葉の意味深さに遅《おく》れて気づく。云い訳をしようとしたけれど、肌《はだ》を這《は》う指の動きに気を取られてしまう。

「アメリカには男同士でも結婚できる州があるんだ。いますぐ、そこに連れていきたいよ」

「だ…からっ、違うって、あ、ん……っ」

死にそうなほど恥ずかしいのに、大きな手の平で体を撫《な》でられるのは嫌《いや》ではなかった。むしろ、そのくすぐったいような感触が気持ちいい。

「ずいぶんと感じやすいようだな」

「そう、ですか……? んんっ」

ロイは惺の体を撫で回しながら、唇《くちびる》を啄んでくる。そのせいで口を閉じることができなくて、鼻にかかったような声が漏《も》れてしまう。

「あ……ぁ、あ……」

ロイの指が胸の尖《とが》りに触れる。初めはとくに感じなかったそこを指で捏《こ》ねられているうちに、意識するようになってくる。

「何で、そこばっか……っ」

「こうやってると、だんだん感じるようになってくるんだ」

「でも、女の子じゃないのに……あッ」

ロイの舌が触れた瞬間、小さく声を上げてしまった。温かく濡《ぬ》れた感触が刺激《しげき》になったのかもしれない。ロイは惺の反応に口角を持ち上げ、今度はその小さな尖りに吸いついてくる。

「ン……っ、あ、や、嘘《うそ》……」

「嫌だったら、そう云えよ」

「……嫌じゃ、ない、です……」

キツく吸われ、甘噛《あまが》みされるたびに、弱い電流のようなものが生まれる。胸を弄《いじ》られながらズボンを押し下げられると、すでに緩《ゆる》く勃《た》ち上がっている自身が露《あら》わになった。

「ちゃんと感じてたみたいだな」

「……ッ」

直《じか》に触《ふ》れられてもいないのに、反応を示している自分が恥《は》ずかしくて、股間《こかん》を手で隠《かく》そうとした。しかし、その手はロイに押さえつけられてしまう。

「ちゃんと見せて」

「やだ、恥ずかしい……っ」

「じゃあ、俺のも見せるから」

「え…⁉　あ、待っ……」

ロイはジーンズの前を開け、躊躇《ためら》いもなく自身を取り出した。一度目にしているけれど、いまは緩く勃ち上がっているせいか、記憶《きおく》にあるものよりも大きく見える。

「触《さわ》って」

「わ……っ、嘘⁉」

手を取って導かれ、ロイの昂《たか》ぶりを握らされる。自分の手の平で感じる熱さと大きさに、さっき以上に頭の中が沸騰《ふっとう》した。

「嘘でも夢でもないよ。こうして、一緒《いっしょ》に擦《こす》って」

「うわ、あ…ぁ、あ……っ」

自身を隠すどころか、ロイのものと重ねられ、長い指で扱《しご》かれた。その間に入り込んだ自分の指を引き抜《ぬ》くこともできず、一緒に動かされる。

触れられているだけでも相当刺激が強いのに、ロイの昂ぶりがくっついていると思うと目眩《めまい》がした。しかも、それはどんどん嵩《かさ》を増し、硬《かた》く張り詰《つ》めていっている。

「ろ、ロイ、もう、放して……っ」

「いきそう？　出していいよ」

「だめ、あ、ん、んー…っ」

惺は呆気《あっけ》なく果ててしまった。絞《しぼ》り出すように扱かれ、びくびくと白濁《はくだく》を溢《あふ》れさせる。

ロイのほうもあんなになっているのに、表情には余裕《よゆう》が見える。経験値の差なのだと思うと、過去に妬《や》いてしまいそうになる。余計なことを考えないよう、自分に云い聞かせていたら、不意に足が折り曲げられた。

頭を起こしてロイのほうを見ると、その手には台所にあったオイルが握《にぎ》られていた。

「それ……」

「他《ほか》に使えそうなものがなかったからな。できるだけ惺の負担を減らしたいんだ」

さっき、少し待ってろと云って部屋から姿を消したロイは、言葉通りすぐに戻《もど》ってきた。きっと、そのときに持ってきていたのだろう。

何に使うのかと問う間もなく、ロイはオイルを手に取り、惺の足の間にべったりと塗《ぬ》りつけた。その指にもまぶし、窄《つぼ》まりを探《さぐ》ってくる。

「や――」

不意に、指先が惺の中に押し込まれた。そして、ゆっくりと奥へと進んでくる。

正直、セックスがこんなに生々しいものだとは思ってもみなかった。生まれて初めて体験する恥ずかしさに意識が飛んでしまいそうだ。

「あ…っ、ン、う」

本来、異物を受け入れるようにはできていない場所なのに、難なく入り込み、たっぷりと塗りつけられたオイルの滑《ぬめ》りを借りて浅いところを抜き差ししてくる。

ロイは体の中を指で探りながら、キスで意識を紛《まぎ》らわせてくれる。啄《ついば》まれる唇は閉じることもできなくて、喉《のど》の奥から押し出される声を堪《こら》えることもできない。

「痛くはないか?」

「あ…っ、痛く、はないけど、何かヘン……っ」

太い指が体の中で蠢《うごめ》いている初めての感覚に、惺は戸惑《とまど》う他なかった。ぬるぬると滑《なめ》らかに動く指の感触《かんしょく》に違和感《いわかん》を覚えつつも、嫌悪感《けんおかん》や不快感のようなものは一切《いっさい》ない。

むしろ、痛みよりも違和感が強い。男同士の場合、『そこ』を使うことは何となく知識として知っていたけれど、具体的な想像をしたことはなかった。

「辛《つら》いならやめてもいいんだぞ」

「……っ」

ロイは顔を上げ、真摯《しんし》な声音《こわね》で訊《たず》ねてくる。きっと、嫌だと云えばここで終わりになるだろう。その代わり、二度とこうして触れてもらえなくなるかもしれない。

「……やめないで……っ」

大岩に抱《だ》き竦《すく》められたときは、一瞬《いっしゅん》で鳥肌《とりはだ》が立った。首筋に当たる生暖かい息に吐《は》き気さえ覚えた。だけど、ロイの腕《うで》の中は安心したし、舌を絡《から》めるようなキスは溶《と》けてしまいそうなほど気持ちがよかった。

いま、こうして体の中を弄り回されていても、やめて欲しいとはちっとも思わない。死にそうなほど恥ずかしいのに、もっとと思っている自分がいる。

「わかった。だったら、どこが感じてるのか教えてくれ。惺を気持ちよくしてやりたいんだ」

「ど…やって……？」

「素直《すなお》に云ってくれればいい。気持ちよければ、気持ちいいって」

「そっ…！　云えないよ…！」

「どうして？」

「恥ずかしいからに決まってるじゃないですか！」

泣きそうになりながら主張すると、優《やさ》しく意地の悪いことを云ってくる。

「それでも云って。俺は惺の全部が知りたい」

「……っ」

息を呑《の》んだ瞬間、惺の中の指が折り曲げられた。狭《せま》い内壁《ないへき》を押し開こうとするかのようにそこを掻《か》き回され、何とも云えない感覚に喘《あえ》ぐ。

「ン、あ、ぁあ……っ」

ロイは、指を抜き差ししながらオイルを足す。指が動くたびに聞こえてくる音が、やけに響《ひび》いている。

「わかるか？　もう指が二本入ってる」

「嘘……あ…っ、そこ、あっあ！」

ぐりっと内壁を押され、勝手に体が跳《は》ねた。電流のようなものが走り抜け、自分のものではないような声が押し出される。

「ここが感じる？」

「やぁ…っ、あ、待っ……」

過剰《かじょう》に反応してしまう場所を、ロイは執拗《しつよう》に弄ってくる。シーツを握りしめ、四肢《しし》に力を入れようとするけれど、びくびくと腰《こし》が浮《う》くのは抑《おさ》えられない。

わけがわからなくなるくらい、しつこく責め立てられたあと、不意に指を引き抜かれた。

「ン……っ」

一度達したはずの自身はまた痛いくらいに張り詰め、先端《せんたん》からは雫《しずく》を溢れさせている。全身がじんじんと疼《うず》き、次の刺激《しげき》を待ち侘《わ》びていた。

「ロイ……？」

「もう俺が我慢《がまん》できない」

「あ……っ」

足を掴《つか》んで左右に大きく開かされたかと思うと、硬くて熱いものが押し当てられる。自分のものとは比べものにならない大きさだということを思い出し、思わず息を呑んだ。

「大丈夫《だいじょうぶ》、力を抜いて。怖《こわ》かったら、俺にしがみついてろ」

「うん……ん……ッ」

小さく頷《うなず》き、ロイの首に手をかけると、さらに深く膝《ひざ》を曲げられた。やや強引《ごういん》に硬い先端が押し込まれ、惺はぐっと歯を食い縛《しば》った。ロイのものにもオイルが塗られていたらしく、その滑りのお陰《かげ》で痛みはなかった。けれど、酷《ひど》い圧迫感《あっぱくかん》で、いまにも息が止まりそうだ。

「息を吸って、そう、いい子だ」

「んん、ぅ、ん」

ロイはその大きな手で惺の昂ぶりをあやしながら、自身を奥へと進ませてくる。惺の中に埋《う》め込まれていく屹立《きつりつ》は、熱くて内側から溶かされていきそうだった。

やがて、動きを止めたロイに、息も絶え絶えに問いかける。

「入った…の……？」

「だいたいな。惺は大丈夫か？　キツくはないか？」

「ちょっと、だけ……。でも、だいじょぶ、です」

体の内側から熱く滾《たぎ》り、激しく脈打っているのが、リアルに伝わってきている。ロイが自分に対して、こんなにも興奮してくれているのだとわかって驚《おどろ》いた。

「ロイは平気…？　キツくない…？」

自分の体なのに思うようにいかず、入り込んだ屹立を締《し》めつけてしまう。

「最高だ。惺の中にいるだけでイキそうだ」

「もう、何云って……」

囁《ささや》きに頬《ほお》を染め、軽く睨《にら》んで返すと、ロイはゆっくりと腰を揺《ゆ》すってくる。

「本当だよ。ほら、わかるだろ？」

「あ……っ」

初めは苦しいばかりだったけれど、繋《つな》がった部分から伝わってくる振動《しんどう》がだんだんと快感に変わっていく。浅い部分を抜き差しされているうちに少しずつ強張《こわば》りが緩《ゆる》んでいき、徐々《じょじょ》に繋がりが深くなっていった。

「あっあ、ぁん……っ」

仰《の》け反る喉を甘嚙《あまが》みされる。ぞくぞくとおののく肌《はだ》を撫《な》でられれば、一層甘く四肢が震《ふる》えた。

ロイは惺の腰を抱《かか》え直し、自分の膝に引き上げた。そして、さっきよりも激しく突《つ》いてくる。揺き回すようにされているうちに、零《こぼ》れる声も甘みを帯びてきた。

「やぁ…っ、待っ…何かヘン……ぁあ！」

「よくなってきたか？」

「わかんな……っ、でも、すご、熱い……っ」

ぬるぬると体の内側を擦《こす》られる感覚に戸惑い、惺はロイにしがみつく腕に力を込める。強くなっていく快感を堪えるために、その背中に爪《つめ》を立てた。

突き上げられながら、上擦った声を上げる唇《くちびる》に口づけられると、一層体が蕩《とろ》けていく。自分の中にこんな感覚があったなんて、全然知らなかった。

「惺、もっと声出して」

「ぁん、あ、あ…っ」

月の薄明《うすあ》かりに照らされた部屋に、二人ぶんの吐息《とい》と惺の喘ぎが響く。

こんな恥《は》ずかしい声など聞かせたくはないのに、どうしても抑えきれない。穿《うが》たれるリズムに合わせて押し出される。

ロイは腰を使いながらも、惺の体のあちこちを弄《いじ》り回す。与《あた》えられる刺激に意識が追いつかず、ただひたすらに翻弄《ほんろう》されるばかりだった。

「や、そこ、ぁ、あ…っ、ぁあ……ッ」

限界が近づいた体に、激しい律動が送り込まれる。惺はとうとう下腹部を震わせ、熱を爆《は》ぜさせた。汗《あせ》ばんだ体に、白濁《はくだく》が散る様子がぼやけた視界に映る。

頭の中が真っ白になった直後、体の中から昂《たか》ぶりが引き抜《ぬ》かれた。腹部に再び温かいものが散り、ロイも終わりを迎《むか》えたことを知る。

色気が滴《したた》り落ちるその顔に見蕩《みと》れていたら、目が合った。

「……あ……」

「惺――」

言葉を交《か》わすよりも早く、噛みつくようなキスをされる。想《おも》いをぶつけてくるかのような荒々《あらあら》しい口づけに、再び酔《よ》わされていく。

(やっぱり、この人が好きだ――)

抱《だ》き合い、触《ふ》れ合っているだけで胸がいっぱいになる。自分の気持ちができるだけ多く伝わるよう、惺は拙《つたな》いながらも夢中で舌を絡めた。

5

微睡《まどろ》みながら寝返《ねがえ》りを打ち、ふわふわした枕《まくら》に顔を埋《うず》める。サラサラしたシーツの心地《ここち》いい感触《かんしょく》に再び寝入ろうとして、惺はふと違和感《いわかん》に気づいた。

（ふわふわ……？）

自分の枕は硬《かた》めのものだし、ベッドのスプリングの感じも全然違《ちが》う。惺はぱちりと目を覚まし、勢いよく体を起こした。

「ここ、どこ……？」

周囲を見回し、見慣れぬ風景だということに戸惑《とまど》う。惺が眠《ねむ》っていたのは、自分のベッドを二つ並べても余るほど大きなキングサイズのベッドだった。

設《しつら》えられた家具はどれも上等そうで、インテリアの配置もセンスがいい。いったい、誰《だれ》の家なのだろうかと思って、あちこちに目を遣《や》っていた惺はサイドボードに置かれたメモに、有名なホテルのロゴが入っていることに気がついた。

（もしかして……）

時計を見ると、すでに昼近くになっている。惺が眠っている間に、ロイが勝手に連れてきたのかもしれない。むしろ、それしか考えられなかった。

「……っ」

つられるようにして、昨夜の出来事を思い出してしまう。担任の教師である大岩に襲《おそ》われそうになったところをロイに助けられ、ふとした流れで告白してしまった。隠《かく》しておくつもりだった気持ちを知られて慌《あわ》てる惺に、信じられないことにロイは自分も好きだと云《い》ってくれた。

(夢、じゃないよね…？)

古典的な方法だけれど、念のため自分の頬を抓《つね》ってみたら、ちゃんと痛かった。それに体のあちこちに残る気怠《けだる》さは嘘《うそ》じゃない。ロイによって押し開かれた体の奥にも、そのときの感触がしっかりと残っている。

(…………最後までしちゃったんだ)

理性が飛んでいたときのことまで生々しく脳裏《のうり》に蘇《よみがえ》り、かぁっと顔が熱くなる。後悔《こうかい》はしていないけれど、いたたまれなさに暴れ出したい気持ちだ。世間の恋人《こいびと》同士は皆《みな》、あんな恥ずかしいことを平気でしているのだろうか。

そういえば、汗やそれ以外のもので汚《よご》れていた体が、いまはさっぱりとしていて、きちんとパジャマまで着せられている。もしかして、着替《きが》えまでロイがやってくれたのだろうか。

体を重ねることも恥ずかしかったけれど、意識のない状態であれこれと世話を焼かれたことは違った意味で恥ずかしい。一人でおろおろしていたら、ドアががちゃりと開いた。

「何だ、目を覚ましてたのか。おはよう、惺」

「うわっ」

心の準備ができていなかったせいで、ロイの顔を見た途端《とたん》、どかんと心臓が跳《は》ね上がった。自分でも頬が赤くなったのがわかる。

「どうしたんだ？」

「い、いえ……」

昨夜のことを思い返していたとも云えず、口籠《くちご》もる。しかし、朝日よりも爽《さわ》やかな笑《え》みを浮《う》かべているロイを見ていると、不思議な気持ちになる。悍を組み敷《し》いていたロイは、もっと余《よ》裕《ゆう》のない顔をしていた。まるで獲物《えもの》を前にした狼《おおかみ》のような目だった。

(昼間はただの大型犬なのに……)

そのギャップに、ときめいてしまったのも事実だ。

「気分はどうだ？　もう起きられるなら、着替えて向こうの部屋においで。服はクローゼットに収めてある。勝手に悪いとは思ったが、てきとうに持ってきておいた」

カーテンを開けられると、柔《やわ》らかな日差しが室内を明るく照らす。部屋を出ていこうとするロイを慌てて呼び止めた。

「あの…っ、何で僕こんなところにいるんですか？　ここってホテルですよね？」

「悍が眠っている間に連れてきたんだ。しばらくは自宅にいないほうが安全だからな」

「で、でも、僕、学校に行かないと……」

ロイは大岩がまた惺の家に来ることを危惧《きぐ》しているのだろう。自分の身を案じてくれる気持ちは嬉《うれ》しいけれど、平日である以上、高校へ行かねばならない。

「あんなのが教師だとわかった以上、惺を高校へ行かせるわけにはいかない。また危ない目に遭《あ》ったらどうするんだ！」

おずおずと切り出した惺に、ロイは怖《こわ》い顔になった。

「学校にいる間は大丈夫《だいじょうぶ》だと思うんですけど……」

「ダメだ。惺を一人にすることはできない」

譲《ゆず》ろうとしないロイに困りつつも、大岩のいる高校へ行きづらいという気持ちも否定できなかった。しかし、体調を崩《くず》したわけでもないのに休むのは気が引ける。返事しあぐねていると、いつの間にか扉《とびら》のところにいたユーインが業《ごう》を煮《に》やしたと云わんばかりに、口を挟《はさ》んできた。

「気持ちはわかりますが、感情論だけで云われても彼だって困るでしょう。もう少し論理的に話せないんですか？」

「しかしな……」

「あなたがいると話にならないので、隣《となり》の部屋に行っててもらえますか？」

ロイは何か云いたげな顔をしていたが、説得は任せたほうがいいと判断したのか大人しく別室へと行った。ユーインと二人きりにされ、惺は緊張《きんちょう》する。

「ロイから昨夜のことを聞きました」

「え⁉」

唐突《とうとつ》に切り出され、驚《おどろ》きの声を上げた。ロイはいったい何をどこまで話したのだろう。

「怖かったでしょう。不届きな教師もいたものです」

「あ……はい、まあ、そうですね」

ユーインの同情が滲《にじ》んだ言葉に、聞いているのは大岩に襲われそうになったことだけのようだとわかり、ほっとする。

大岩に迫《せま》られたときは怖かったし、本当にショックだったけれど、いまとなってはあのあとのことのほうが、惺にとっては一大事だった。そんな現金な自分が気恥《きは》ずかしい。

「彼はあなたが高校へ行って、また辛《つら》い思いをしないかと心配してるんです。その気持ちを汲《く》んであげてもらえませんか？」

「ロイの気持ちは嬉しいです。でも、だからと云って休むわけには……」

高校は両親の残してくれたお金で通っている。だからこそ、一日も無駄《むだ》にはしたくない。

あの顔は見たくもないけれど、被害者《ひがいしゃ》である自分が犠牲《ぎせい》を払《はら》うことになるのは釈然《しゃくぜん》としなかった。承伏《しょうふく》しきれない惺に、ユーインはこう云ってきた。

「納得《なっとく》できない気持ちはわかります。でも、二日だけ、我慢《がまん》していただけませんか？　週明けには登校してくれてかまいません。その間に、私たちが高校側と話し合いをします」

「え、話し合いって……」

ユーインからの申し出に、惺は目を瞬《またた》いた。こちら側から手を打つことなど考えてもいなかったので、驚いてしまった。

「本来なら警察に通報するところですが、話を聞く限り未遂《みすい》という判断を下されそうですし、そうなると森住さんだけが矢面《やおもて》に立たされて嫌《いや》な思いをすることになりそうですしね。とりあえず、その教師があなたに近づかないよう手を打ちます」

「じゃあ、どうするんですか…？」

「大人には大人のやり方があるんですよ。森住さんの名前は出しませんから、安心して下さい」

綺麗《きれい》な顔でにっこりと微笑《ほほえ》まれると、これ以上何も訊《き》けなくなってしまう。きっと、ロイたちは学園側を巻き込み、内々に責任を取らせようとしているのだろう。

「……あの、でも、どうして僕にそこまでしてくれるんですか？」

ロイが心配してくれる気持ちはまだわかる。しかし、ユーインとは昨日顔を合わせたばかりで、お互《たが》いの人となりすら知らない。

「ロイがあなたに恩返しがしたいと云っているから、でしょうか？　私としては迷子を保護してもらったお礼といったところですね」

「何度もロイに云ってるんですけど、僕は大したことはしてません。却《かえ》って申し訳ないというか……」

ロイやユーインの厚意《こうい》はありがたい。大岩がいなくなってくれれば、高校へも安心して通うことができる。けれど、自分には返せるものが何もない。

ユーインの云う『話し合い』がどんなものなのかはわからないけれど、簡単なものではないはずだ。多忙《たぼう》なはずの彼の手を煩《わずら》わせてしまうことを考えると、気が重くなった。

「もし、気兼《きが》ねしているなら、一つお願いしたいことがあるんです。こちらでその教師の件を片づける代わりに、引き受けていただけないでしょうか？」

「僕にできることですか？」

自分が何かの役に立つのなら、何でもしたい。姿勢を正して問い返すと、不思議な答えが返ってきた。

「森住さんなら、そう難しいことではないですよ。ここにいる間、ロイのお目付役をして欲しいだけですから」

「お目付役……って何をしたらいいんですか？」

頭にいくつもクエスチョンマークが飛ぶ。相手が幼児ならわかるけれど、ロイはもうすでに立派な大人だ。怪訝《けげん》な顔をしている惺に、ユーインは大袈裟《おおげさ》なため息をついて見せた。

「彼はパパラッチにつけ狙《ねら》われているくせに、その自覚もなくふらふらと出歩くのでとても困っていまして。ロイがアメリカに帰るまでの間、見張っていてもらえないでしょうか？」

ユーインの云っていることは、よくわかる。ロイに有名人の自覚がないわけではないのだろうが、そのわりに警戒心《けいかい》が緩《ゆる》いところがある。自分がどれだけ目立つオーラを放っているのか、わからないのだろう。

「見張りって云《い》っても、ずっとついてるわけにはいきませんよね？　ここに戻《もど》ってきてくれなかった場合、どうしたらいいんですか？」

「大丈夫ですよ。あなたがここにいてくれれば、大人しく帰ってきますから。引き受けていただけませんか？　何より、あなたがいてくれると、ロイのやる気も違《ちが》うんです」

　そこまで云われてしまうと、断りにくい。彼らの厚意を無下にするのも悪い気がするし……と自分を納得させた。

「わかりました、お引き受けします。あ、でも、土日はバイトしてるんですけど……」

　学校には風邪《かぜ》を引いたと連絡《れんらく》すればすむけれど、バイトはそうもいかない。惺のことを自分の子供のように可愛《かわい》がってくれているあの夫婦《ふうふ》を心配させることになってしまう。

「具合が悪いなんて云ったら、奥さんが見舞《みま》いに来てくれちゃうと思います…」

「そうですね……では、アメリカの友人が、急に会いにきたというのはどうですか？　幼い頃《ころ》、アメリカに住んでいたと聞きました。ですので、説得力はあると思いますよ。まあ、嘘《うそ》ではないですしね」

「え？」

「もう、ロイはあなたの友人でしょう？」

「！　そ…そう、ですね……」

ユーインの問いかけに、複雑な気分になる。昨夜、告白され一線を越《こ》えてしまったけれど、友人と云えるのだろうか？

両想《りょうおも》いになって、体の関係も持ったのだから、恋人《こいびと》と云ってもいいのかもしれない。あとでロイに確かめてみなくてはならないが、ユーインにバレるわけにはいかないだろう。

悍が黙《だま》っているのを了承《りょうしょう》の意味に取ったようで、ユーインは書類を差し出してくる。

「では、関係者パスを発行しますから、簡単な履歴書《りれきしょ》のようなものを書いてもらえますか？自宅の住所と学校名さえあればいいですから」

「わかりました」

「では、あとで受け取りにきます。そうそう、食事を頼《たの》んでありますから、着替《きが》えたらあちらのリビングにいらして下さい」

ユーインが部屋を出ていくのを見送り、のろのろと着替えをする。いつもなら制服に着替えているのにと思いかけ、学校を無断で休んでいるという状況《じょうきょう》を思い出した。

「佑樹に連絡しないと！」

きっと、佑樹は自分のことを心配しているに違いない。時計を見てみると、ちょうど休み時間になっていたので、部屋の電話を借りて佑樹の携帯《けいたい》に電話することにした。

記憶《きおく》しているナンバーをコールすると、電話はすぐに繫《つな》がった。

『惺⁉』

「あ、うん、僕だけど……」

『どうしたんだよ、家に電話しても出ないし』

案の定、佑樹は心配してくれていたようだ。

「ごめん、連絡できなくて。色々と事情があって、いまロイのいるホテルにいるんだ」

『はあ⁉　何でそんなとこに……って、ちょっと場所変えるわ』

電話の向こうから聞こえてきていた雑音がなくなり、佑樹の声がクリアになる。教室を出て、人気《ひとけ》のない場所へ移動したのだろう。

『──で、何があったんだ？』

「何って云われても電話じゃ上手《うま》く云えないよ……。先生には風邪引いて休んでるって伝えておいてもらえないかな？　ええと……大岩先生は……」

『そういや、大岩も来てないんだよな。風邪で休みだって副担は云ってたけど、風邪なんか引くようなたまじゃねーよな』

「そっか……」

惺の沈《しず》んだ声にピンと来たのか、佑樹は剣呑《けんのん》な声で追及《ついきゅう》してきた。

『まさか、あいつに何かされたんじゃないだろうな⁉』

「さ、されてないよ。……されそうになったけど」

『なっ……!?』

「で、でも大丈夫《だいじょうぶ》！　ロイが助けてくれたから」

割って入ってくれたロイが大岩を殴《なぐ》り飛ばしたことを伝えると、佑樹は安心したようだった。

『そっか、それならよかった…。なるほどな、だから、いまホテルなんかにいるんだな。どういう状況になってるのか、副担に探《さぐ》り入れてみるわ。何かわかったら、家の留守電に入れておく。それなら、外からでも聞けるだろ？』

「うん、ありがと」

携帯電話を持っていないと、こういうとき不便だ。

『何かあったら連絡よこせよ。けどさ、惺がロイを助けて、ロイが惺を助けたんだと思うと、運命的だよな』

「そ、そうかな？」

『そもそも、出逢《であ》いからして映画みたいじゃん。マジでロイが惺んちにいてくれてよかった』

ロイに運命だと云われたときは偶然《ぐうぜん》でしかないと笑い飛ばしていたけれど、もしかしたら本当に出逢う運命にあったのかも、といまはそう思える。そうでなければ、こんな短期間で惹《ひ》かれた説明がつかない。

「惺？　入るぞ」

「……っ、ロイ！」

佑樹との電話に夢中になっていたせいで、ロイが部屋に戻ってきていたことに気づかなかった。ロイの顔を見た途端《とたん》、乙女《おとめ》ちっくな考えに浸《ひた》っていた自分が恥《は》ずかしくなる。

「ごめん、佑樹。ロイが帰ってきたから」

『わかった。それじゃーな』

気まずい気分で電話を切り、ロイのほうへと向き直る。

「おかえりなさい」

「どこにかけてたんだ？」

「佑樹に今日欠席するって伝えてもらおうと思って。すみません、勝手に電話使っちゃって」

「それはかまわない。こちらこそ、気が回らなくてすまなかったな。高校に連絡を入れなければならないことを失念していた——それは？」

ロイは惺が手にしている書類に目を留める。

「ウォンさんが関係者パスを作るから、記入するようにって」

「なるほどな」

そう云って、ロイは惺の前に腰《こし》かける。手元をじっと見つめられると、正直書きにくい。

「書かないのか？」

「いま、書こうかと……って、何で見てるんですか？」

「惺のことをより多く知るチャンスだから」

笑顔《えがお》でそう云い、惺の顔をじっと見つめてくる。

(何か書きにくいな……)

気まずさを覚えながら、無理矢理《むりやり》書類に集中する。緊張《きんちょう》しながらも手を動かしてたら、急にロイが悲痛な声を上げた。

「何てことだ！」

「な、何か問題でも？」

何かまずいことでも書いただろうかと不安になる。

「大問題だ！　惺の誕生日は昨日じゃないか！」

「ああ、そのことですか。昨日、十七になったって云ったじゃないですか」

世界の終わりのような声を出すから、何ごとかと思った。

「わかっていたら、プレゼントも手配したのに！」

「いいんです。……お祝いをするわけにはいきませんから」

大袈裟《おおげさ》に落ち込んでいるロイにフォローを入れる。絶対に忘れることのできない日ではあるけれど、無邪気《むじゃき》に喜べない理由がある。

「どうして？　惺がこの世に生まれてきた大事な日だろう？」

「その日は……両親の命日なんです」

「！」

躊躇《ためら》いがちに告白すると、ロイは小さく息を呑《の》んだ。

「僕の誕生日に父が休みを取ってくれて。両親と僕の三人で、野球の試合を見に行くことになったんです。野球がとくに好きだったわけじゃなかったんですけど、父と出かけられることが嬉《うれ》しくて。僕は朝からはしゃいでました」

「…………」

「一瞬《いっしゅん》でした。車で球場に向かう途中《とちゅう》、車線をはみ出してきた車に正面からぶつかられて…」

あのときの光景は、いまも忘れることができない。ハンドルを切る間もなく迫《せま》ってきたワゴンのせいで、運転席にいた父も、咄嗟《とっさ》に惺を庇《かば》った母も亡《な》くなった。奇跡《きせき》的にかすり傷だけですんだ惺は救急隊員に助け出され、病院で両親の死を知らされた。

「――だから、野球が苦手なんだな」

「……どうしても、あのときのことを思い出しちゃって……」

あれ以来、事故のことを思い出すようなものを目にすると、過呼吸や貧血の症状《しょうじょう》が出るようになった。医者の話によると、自らに強い責任を感じ、あの日の行動に繋がるものを見たり聞いたりすることで体が強いストレスを覚えるのだろうということだった。

(僕が試合に行きたいなんて云《い》わなきゃよかったんだ)

事故に巻き込まれたのはただの偶然で、不運が重なっただけなのだと周囲には何度も云われた。けれど、惺の頭からは後悔《こうかい》の念がどうしても消えない。あの日、ずっと家で過ごしていれば、両親を失わずにすんだのに、と。

もし、あの日が惺の誕生日でなければ、父も出かけようとは云わなかっただろう。そう思うと、いくつも重なったきっかけの一つである誕生日を祝う気になどなれなかった。

佑樹だけはいつもあとからプレゼントをくれるけれど、いまでも特別何かをすることはない。毎年、墓参りをして静かに過ごす。いつの間にか、それが恒例《こうれい》になっていた。

「ずっと、誕生日を辛《つら》い気持ちで過ごしてきたんだな」

「……頭では仕方のなかったことだってわかってるんですけど……」

ロイは俯《うつむ》いた惺の肩《かた》をがしっと強く摑《つか》み、顔を上げさせた。

「だったら、むしろ祝うべきだ」

「でも――」

「自分を責めるなとは云えない。俺が惺の立場でも、きっと色んな後悔をするだろうから。だけど、ご両親の気持ちも考えてみてくれ」

「え……？」

「ご両親は、惺が生まれてきたことを誰《だれ》よりも喜んだはずだ。いまこうして成長していることも、きっと嬉しく思ってるだろう。それなのに、惺が自分の誕生日を辛い気持ちで過ごしてるなんて知ったら悲しむに決まってる」

「……っ」

ロイの言葉が上辺だけのものではないとわかっているからこそ胸に響《ひび》く。つんと鼻の奥が痛み、瞳《ひとみ》がじわりと熱くなった。

「一日遅《おく》れになったけど、今夜、一緒《いっしょ》にバースデーパーティをしよう。そのほうがご両親も喜ぶと思わないか？」

ロイの言葉に、根本的なことを思い出した。誕生日はこの世に生を受けたことを感謝する日だということを。いまこうしてロイと出逢えたのも、母が惺を産んでくれたからだ。

目の奥が熱くなり、涙《なみだ》が込み上げてくる。泣き顔なんて見せたら、また心配させてしまう。慌《あわ》てて目元を拭《ぬぐ》っていると、部屋のチャイムが鳴った。

「誰だ、こんなときに」

「あの、出ないんですか？」

「無視していればいい」

しかし、痺《しび》れを切らした来訪者は苛立《いらだ》ちをぶつけるかのように、チャイムを連打してくる。

『しつこいな！』

ロイは仕方なさそうに立ち上がり、部屋の入り口に向かった。ロイのあとに続いて部屋に入ってきたのは、ずいぶんと大柄《おおがら》な男性だった。

肌《はだ》は日に焼け、ダークブラウンの髪《かみ》は緩《ゆる》いウェーブを描《えが》いている。彫《ほ》りが深く、目鼻立ちもはっきりしている。ブラックラビッツには顔のいい選手ばかりが揃《そろ》っているのだろうか。

『へえ、この子が噂《うわさ》の！　マジで可愛《かわい》いなー』

『ジェフ、手を出したりしたら殺すぞ』

『わかってるよ。でも、紹介《しょうかい》くらいしてくれてもいいだろう』

『惺は繊細《せんさい》なんだ。お前のいかつい顔で怯《おび》えさせるなよ』

気安い遣《や》り取りに、二人が親しい仲だということがわかる。会話だけ聞いていたら、クラスメイトたちのノリとほとんど変わりがない。

（ロイが佑樹に嫉妬《しっと》したって気持ちが、ちょっとわかったかも……）

自分は見たことないような顔を向けられているロイのチームメイトが少し羨《うらや》ましい。

『はじめまして、森住惺です』

英語で自己紹介すると、彼は目を丸くした。すぐに破顔し、惺の手を握《にぎ》ってぶんぶんと上下に振《ふ》る。

『へえ、英語が話せるのか！　俺はジェフリー・マクファーレン。ロイのパートナーだ。よろしくな！』

『パ、パートナー？』

ジェフリーはロイ以上に明るい性格のようで、声も大きい。面食《めんく》らって呆然《ぼうぜん》としていると、何を誤解したのか、ロイは真面目《まじめ》な顔で云い訳をしてきた。

「勘違《かんちが》いするなよ、惺。俺がピッチャーで、こいつがキャッチャーってことだ。断じて、プライベートでは違うからな」

「わかりますよ、そのくらいのことは」

ロイの慌てぶりがおかしくて、声を立てて笑ってしまう。

「それならいいんだが……」

「でも、ジェフリーさんとはとても仲がいいんですね」

「まあ、長いつき合いだしな。惺と佑樹みたいなものだろう」

『おい、英語で話せよ。俺がわからないだろう』

惺とロイが日本語で話をしていたら、ジェフリーは会話に入れないと云ってむくれている。

『お前とは長いつき合いだって云ったんだよ。それで、お前は何をしに来たんだ？　まさか、惺の顔を見にきただけとは云わないだろうな』

『お前を迎《むか》えに来たに決まってるだろう。いい加減、ユーインを困らせるのはやめろ。それに交流試合とはいえ、恥《は》ずかしい結果は出せないからな。とっとと練習に行くぞ』

『……わかったよ』

『そうだ、君も一緒に来ないか？　きっと、君が見ていれば、ロイも練習に身が入ると思うんだが』

『お気持ちは嬉しいですけど……』

野球を見るには、やはりまだ少し抵抗《ていこう》がある。せっかく誘《さそ》ってもらっても、素直《すなお》に楽しめないのは申し訳ない。ロイがプレイする様子には興味があるけれど、不安が拭えない。

どう断ろうかと思ってたら、惺を気遣《きづか》って、ロイが先に口を開いた。

『惺は今日はやることがあるから無理だ。それにあんな野獣《やじゅう》だらけのところで、一人で放《ほう》っておけるか。ずっと傍《そば》に置いておけるわけじゃないんだぞ』

『それは云えてるな』

ジェフリーはロイの説明に簡単に納得《なっとく》してくれた。

「惺、七時までには戻《もど》ってくるから待っててくれ。そうだな、ここのロビーで待ち合わせしようか？」

「はい、わかりました」

「それまでに何が食べたいか、決めておいてくれ」

待ち合わせを決めていると、ひゅーと横から口笛の音が聞こえて来た。

『ロイがそんな甘ったるい顔してるとこなんて初めて見たぜ』

『黙《だま》れ、ジェフ。先に外に行ってろ』

ジェフリーの揶揄《やゆ》に、珍《めずら》しくロイが照れているようだった。こんな顔もするのかと、新鮮《しんせん》な気持ちでロイを見つめてしまう。

「……じゃあ、行ってくるな」

「はい、気をつけて」

ロイは名残惜《なごりお》しげな様子で、部屋を出ていった。

一人残された惺は、昨日からのめまぐるしさを思い返す。色んなことがありすぎて、頭の中が整理しきれない。それでも、不思議とすっきりとした気分だった。


「……ちょっと早かったかな」

待ち合わせの時間に合わせてホテルのロビーに降りてきたのだが、まだ早かったようだ。入り口がよく見える場所に移動し、柱に寄りかかってロイを待っていたら、何人もの外国人がホテルに入ってきた。

体格のいい男性ばかりなところを見ると、彼らも日米交流試合のために来日した選手なのかもしれない。きっと、ロイもすぐに帰ってくるだろう。

ぼんやりと、そんな人の流れを眺《なが》めていたら、不意に英語で話しかけられた。

『暇《ひま》そうにしてるけど、誰か待ってる？　女の子が一人で何してんの？　ていうか、こんなとこにいるってことは、誰かのファンなんだろ？　誰が目的？　紹介してやってもいいぜ』

「え？」

どうやら彼は惺のことを、女の子だと勘違いしているらしい。その上、メジャーリーガーのファンで選手に会うために待っていると思いこんでいるようだ。

誤解を解こうと口を開きかけたけれど、その前に矢継《やつ》ぎ早に話しかけられる。

『なあ、俺のこと知ってるだろ？　日本は初めてなんだ、案内してくれよ。あ、今日はもう遅《おそ》いから、俺の部屋で呑《の》もうぜ』

馴《な》れ馴れしい態度に、何と返せばいいのかわからない。

（どうしよう、何て云《い》えばわかってもらえるんだろう……でも、英語が喋《しゃべ》れるってわかったら、もっとしつこくされそうだしな……）

言葉がわからないふりでごまかそうとしたけれど、手を摑《つか》まれて、無理矢理《むりやり》引っ張っていかれそうになる。

『よくわかんないけど、とりあえず行こうぜ』

「あの、困ります…っ」

『いいから来いよ。どうせ、暇そうにしてるくせに』

手を摑まれて、無理に引っ張っていかれそうになる。

「は…放して下さい…！　ていうか、僕、男なんですけど……っ」

『何云ってるかわかんねーな。けど、まあいいや。一緒に楽しもうぜ』

大柄な男の握力《あくりょく》は強く、惺の力では振り払《はら》えなかった。

助けを求めようと周囲を見回してみたけれど、誰《だれ》もがこちらに注意を向けていない。そして、間の悪いことにホテルのフロントからは死角になっていた。

「やめて下さい…っ」

『ナイジェル、その手を放せ。嫌《いや》がってるだろう』

男との間に入ってくれたのは、今朝紹介されたジェフリーだった。

『邪魔《じゃま》するなよ、ジェフ。どうせ、恥ずかしがってるだけだろ。日本人はシャイだからな』

『自分勝手な解釈《かいしゃく》をするな。この子の待ち合わせの相手はロイだよ。手を出したりしたら殺されるぞ』

ジェフリーの説明に、男は興が殺《そ》がれたと云わんばかりの顔で悪態をついた。

『チッ、こいつもロイのお手つきかよ。今度は日本人のかわいこちゃんか。可哀想《かわいそう》に、どうせすぐに飽《あ》きられて捨てられるのに』

『ナイジェル！』

『それとも、わかっててつき合ってんの？　大人しそうな顔して尻軽《しりがる》とか？』

「……っ」

投げつけられた酷《ひど》い言葉にショックを受ける。云われた内容よりも、悪意をぶつけられたことのほうが悍には辛《つら》かった。

反論したいけれど、悔《くや》しさと腹立たしさで胸が詰《つ》まって何も云うことができない。爪《つめ》が食い込むほど握りしめた指先が冷たい。必死に冷静になれと自分に云い聞かせるけれど、血液が煮《に》えたぎるような感覚は治まらない。

『失礼なことを云うな！　自分の思い通りにならなかったからって八つ当たりはやめろ』

『どうせ、意味なんてわかってねーよ』

『あのな、この子は――』

ナイジェルと呼ばれた男をジェフリーが諌《いさ》めていたら、遅《おく》れてロイがやってきた。

「待たせたな、惺」

「ロイ……！」

その腕《うで》には、大輪のバラの花束が抱《かか》えられていた。気障《きざ》に見えがちなアイテムも、ロイには恐《おそ》ろしいほど似合っている。

ようやく現れたロイの姿にほっとし、つい縋《すが》るような眼差《まなざ》しを向けてしまう。すると、ロイは惺の肩《かた》を庇《かば》うように引き寄せ、低く這《は》うような声でジェフリーに訊《たず》ねた。

『何があった？』

『いや……』

言葉を濁《にご》すジェフリーの代わりに、ナイジェルが自ら口を開いた。

『お前が遅かったから、代わりに俺が相手してやろうと思ったんだよ。ずいぶん、淋《さび》しそうにしてたからな。あと五分お前が来るのが遅かったら、今夜は俺の上で鳴かせてやってたのに、まったく残念だ――』

饒舌なナイジェルの言葉は、全て云い終わることなく途切れた。ロイがその胸ぐらを摑み上げていたからだ。

『その汚《きたな》い口をいますぐ閉じないと、二度と喋れないようにしてやる』

『な、じょ、冗談《じょうだん》に決まってるだろ……。何マジになってんだよ。お前らしくないぜ？』

射貫《いぬ》くような眼差しで睨《ね》めつけられたナイジェルは、本気で怯《おび》えている。横で見ている惺も、その怒《いか》りを漲《みなぎ》らせた横顔に震《ふる》えを走らせた。

『わかったら、とっとと消えろ。グラウンド以外でお前の顔は見たくない』

『……くそっ』

ナイジェルは悔しそうに呟《つぶや》くと、踵《きびす》を返してホテルのエントランスから外に出ていった。一《いっ》触即発《しょくそくはつ》の雰囲気《ふんいき》が消え、ほっとする。

「すまなかったな、惺。俺が遅れたばかりに嫌な思いをさせてしまって……」

「いえ、僕のほうこそ、また面倒《めんどう》をかけてしまってすみません！」

「いや、俺が考えなしだったんだ。外は面倒があるかもしれないから、食事は部屋で摂《と》ったほうがいいな。レストランから運んでもらおう」

「そんなことできるんですか？」

「ホテルの人は何でも願いを叶《かな》えてくれるんだよ。——ああ、そうだ」

忘れてたと云いながら、手にしていた花束を惺に差し出してきた。ロイは片手で持っていたけれど、惺の腕には余ってしまう。

「えっと、これ、どうしたら……」

「惺にプレゼント。花を売ってるところを探してて遅くなったんだ。すまなかったな」

「あ…ありがとうございます……」

こんな花束をプレゼントされたのは、生まれて初めてた。対処に困りつつも、素直《すなお》に嬉《うれ》しい。

『もう行っていいか？　俺にも約束があるんだよ』

『ジェフ、ありがとな。助かったよ』

『これで貸し一つだからな』

ジェフリーと別れ、惺はロイと共に部屋へと戻《もど》った。

ロイがどこかへ電話をすると、しばらくしてホテルマンが部屋を訪《おとず》れた。窓際《まどぎわ》にてきぱきとテーブルセッティングを始める。彼らは何故《なぜ》か、四人分の席を用意していた。もしかしたら、ユーインやジェフリーも呼んでいるのかもしれない。

（あれ？　でも、ジェフリーさんは約束があるって云ってたよな？）

二人きりではなかったことに少しがっかりして、思わずロイに訊《き》いてしまう。

「……他《ほか》に誰か来るんですか？」

「君のご両親の席が必要だろ」

「……ッ」

惺は返ってきた言葉に声を詰まらせた。ロイがそんなふうに考えてくれていたとは、思いもしなかった。言葉を失って立ち尽《つ》くしている惺に、ロイは優《やさ》しく笑いかけてくれる。

「ほら、早く席について」

促《うなが》されて惺が座ると、急に室内の明かりが落とされた。

「え？　え？」

びっくりして辺りを見回していたら、ホテルマンが火のついたロウソクが刺《さ》さったケーキを運んできた。

「まずはこれをやらないとな」

その演出に驚《おどろ》きを通り越《こ》して、少し呆《あき》れて苦笑《くしょう》してしまった。もちろん、嬉しいし感激しているけれど、こんなことをして似合ってしまうのはさすがだと思う。

「ちょっとやりすぎじゃないんですか？」

「そうか？　控《ひか》えめにしておいたんだがな。そんなことより早く消さないと、ロウソクがケーキに垂れるぞ」

「あ、そっか！」

慌《あわ》てて吹《ふ》き消そうとしたら、待ったをかけられる。

「願いごとをしながら消すんだぞ。一息で」

「は、はい」

いきなり願いごとと云われても困ってしまう。何か思い浮《う》かべようとしても、目の前でにこやかに見守っているロイのことばかり意識してしまう。

(……今度の試合でロイが活躍《かつやく》しますように)

野球はやっぱりまだ苦手だけれど、ロイが活躍すればいいな、と思う。思い切り息を吸って、十七本のロウソクを吹き消した。

「パーフェクト！」

満面の笑《え》みで拍手《はくしゅ》を送ってくれる。こんなふうに祝われることは久しぶりなため、やたら気《き》恥《は》ずかしい。

(こんなの、小学生のとき以来かも)

母が作ってくれたケーキは季節外れの苺《いちご》がたくさん載《の》っていて、色鮮《いろあざ》やかで綺麗《きれい》だったけれど、とても酸《す》っぱかった。笑いながら、それをみんなで食べたのだ。

そんな記憶《きおく》を思い返すのも、久しぶりのことだ。家族との思い出は、辛い気持ちも呼び起こす。だから、できるだけ思い出さないようにしていた。

でも、辛い気持ち以上に、楽しかった気持ちや幸せな気持ちを思い出せることに、いま改めて気がついた。

「こちらのケーキは、後ほどデザートでお出しします」

「あ、はい」

ケーキは一旦《いったん》引っ込められ、その代わりにグラスが目の前に置かれた。綺麗なピンク色をした液体がガラスの内側で揺《ゆ》れている。

ロイと両親の席のグラスにはシャンパンらしきものが注がれた。

「あの、お酒はちょっと…」

「大丈夫《だいじょうぶ》。それはノンアルコールカクテルだ。つまり、ただのジュースってこと。ほら、グラスを持って」

「う、うん」

おずおずとグラスを持ち、ロイと同じように顔の前に掲《かか》げる。グラスをぶつけられると、カチン、と涼《すず》やかな音が響《ひび》いた。

「誕生日おめでとう。惺が生まれてきてくれて、こうして出逢《であ》えたことに心から感謝してる。ありがとう」

「え、ええと、どういたしまして…?」

本当は祝ってもらっている自分が「ありがとう」と云《い》わなければならない気がしたが、ロイに先に云われてしまった。

ロイは自分のグラスを惺のものに軽くぶつけたあと、もう二つのグラスにもぶつける。惺もその真似《まね》をしてから一口飲んだ。爽《さわ》やかな甘さが口の中に広がった。

心の中で、両親にも感謝する。いままでは「ごめんなさい」とばかり思ってきたけれど、今日はその代わりに心の中で「ありがとう」と告げた。

「……ロイ」

「ん？　どうした？」

また涙《なみだ》ぐみそうになり、こっそり目元を拭《ふ》いてから顔を上げる。

「僕も感謝してます。ロイに会えてよかった」

「どういたしまして」

そう云ってウインクをするロイは、幼い頃《ころ》にアメリカでよく見ていたドラマのヒーローそのもので、泣き笑いの顔になってしまった。

（ロイは僕のヒーローなのかも）

惺はこっそりと心の中でそう思った。

6

この日はテレビ番組の撮影《さつえい》を行うため、朝から何人ものスタッフが出入りしていた。ロイがテレビ局まで出向く暇《ひま》はないということで、泊《と》まっているスイートルームの一室でインタビューを行うことになったのだ。

いまはその準備で慌ただしい雰囲気《ふんいき》だ。邪魔《じゃま》にならないよう、寝室《しんしつ》に籠《こ》もって勉強していたら、着替《きが》えを終えたロイが部屋に入ってきた。

「すまないな、惺。うるさくしてしまって」

「いえ、僕なら大丈夫です。でも、こんな時間から大変ですね」

イレギュラーなインタビューの依頼《いらい》だったようで、元々のスケジュールに影響《えいきょう》がないよう、朝一で時間を取ることになったそうだ。ある種、寝穢《いぎたな》いと云ってもいいほど寝起《ねお》きの悪いロイが、惺よりも早起きしてもう仕度《したく》をしていることに感心する。

「朝早いのはいいんだが、インタビュー自体が面倒《めんどう》だ。こういう仕事も契約《けいやく》に含《ふく》まれてるんだが、下手なことを云えないから気を遣《つか》う」

「どうしてですか？」

「球団の看板として、イメージを崩《くず》すなと云われてるんだ。どう答えるかとか、どういうふうに振《ふ》る舞《ま》うかとかユーインから細かく指示されるんだよ」

　ロイは、まるで追試を受けることが決まった落第生のような面持《おもも》ちでため息をついている。イメージを保つことがよほど重荷なようだ。

「た、大変ですね……」

「こういう服もユーインが云うから着てるんだ。俺はもっと楽な格好がいいんだがな。こういう服は肩《かた》が凝《こ》る」

　いまロイが着ているのは、出逢ったときと同じような仕立てのいいスーツだ。首を回したり、肩を上下させたりして体を解《ほぐ》そうとしている。

　ロイが服装にかまわないことは、その生活態度からもよくわかる。浴衣《ゆかた》を気に入ってずっと身につけていたのは、着心地《きごこち》が楽だったからだろう。

「窮屈《きゅうくつ》かもしれませんけど、せっかくカッコいいんだから、たまにはそういう格好したほうがいいです。そのスーツもよく似合ってますよ」

「そうか？　惺はどういう服が一番いいと思う？」

「どんな服でも、ロイが着れば何でもカッコよくなっちゃいますよ」

　マフィアのような黒いスーツでも、丈《たけ》の足りない浴衣でも、ロイならいつでもカッコよく見える。惚《ほ》れた欲目《よくめ》があるせいで、冷静な判断ができていない気もするが。

「惺は本当に俺を喜ばせる天才だな」

「そ、そうですか？」

「ああ、さっきまでは気が重かったのに、いまはとてもいい気分だ」

その言葉通り、ロイは見るからに上機嫌《じょうきげん》だ。惺の発言一つで笑顔になってくれるのは嬉《うれ》しい。

一緒《いっしょ》ににこにこしていると、ユーインが部屋に入ってきた。

「機嫌がいいのはけっこうですが、そのだらしない顔でカメラの前に出ないで下さいね」

「ユーイン……いい気分を台なしにするようなことを云うなよ」

「その顔、自分で鏡で見てみたらどうですか？ ブラックラビッツのロイ・クロフォードとして外には出せません」

「………」

反論できないようで、ロイは不満そうに押し黙《だま》る。どんなにがんばっても、ユーインに口で敵《かな》うのは無理だろう。

「ヘアメイクをしたいので、あちらの部屋に行って下さい」

「わかったよ」

ロイは渋々《しぶしぶ》と部屋を出ていった。ユーインも一緒に出ていくだろうと思っていたのだが、何《な》故《ぜ》か惺のほうへと向き直った。

「森住さん、ちょっとお話があるんですが、よろしいですか？」

「あ、はい。何でしょう？」

数学Ⅲ

「例の教師のことなんですが……」

「……ッ」

改まった様子で躊躇《ためら》いがちに切り出された内容に、惺は緊張《きんちょう》を走らせた。ユーインは惺に優《やさ》しく微笑《ほほえ》みかけ、窓際《まどぎわ》の一人がけのソファに座るように云《い》う。

「お茶でも飲みながら話しましょうか。あちらで待っていて下さい」

ユーインは室内に備えつけられているティーセットで紅茶を淹《い》れてくれた。湯気と共に立ち上る甘い香《かお》りが鼻腔《びこう》をくすぐる。惺はカップに手を伸《の》ばし、一口啜《すす》った。優しい味わいに、体の強張《こわば》りが少しだけ解れてくれる。

「結論から云いますと、話はつきました」

「あの、何がどうなったんですか？」

「まず、大岩という教師の処遇《しょぐう》ですが、免職《めんしょく》ということになりそうです。森住さんの件だけでなく、他《ほか》にも苦情が何件かあったようで、学校側は対応を考えているところだったと云っていました」

ユーインは学園長に対し、惺の名前を伏《ふ》せて大岩のしようとした凶行《きょうこう》を伝え、手を打つよう要求したらしい。すると、すでに警察に相談することも検討していると云われたのだそうだ。

「……噂《うわさ》は本当だったんですね」

被害《ひがい》に遭《あ》った生徒が自分の他にもいると思うと、恐怖《きょうふ》や不安よりも怒《いか》りを覚える。教職にありながら生徒の信頼《しんらい》を裏切り、その立場を利用するなんて許せない。

「本当に悪質としか云いようがない。ですが、悪いことをすればいつか報《むく》いがきます。でも、安心して下さい。彼があなたに手を出すことはないでしょう」

「どういうことですか？」

「本人とも話をしてきました。私どもの説得に応じて、自ら警察に出頭してくれました」

「説得……」

あの大岩が簡単に説得に応じたとは思えない。ユーインはいったいどんな話をしたのだろうか。疑問に思ったけれど、何となく訊《き》けなかった。その代わりに惺は深々と頭を下げる。

「色々とお手数おかけしてすみませんでした……」

「こんなこと、手数のうちに入りませんよ。これで、気兼《きが》ねなく高校に通えますね」

「本当にありがとうございました。何か僕にお礼ができればいいんですが……」

あとでロイにも礼を云っておかなくては。しかし、こんなに手を尽《つ》くしてもらっても、自分には返せることはない。

頼《たの》まれているお目付役というのも、ロイに出かけようという気配がないため、惺には何もすることがない。結局、何の役にも立てていない気がする。

「だったら、明日の試合でロイを応援《おうえん》してあげて下さい。きっと、喜びますよ」

「……試合、ですか……」

ユーインの言葉に、惺は表情を曇《くも》らせた。何でもしたいと思っていたけれど、これにはすぐに頷《うなず》くことはできなかった。

ロイの活躍《かつやく》するところは見てみたい。しかし、これまでの経験を考えると不安は拭《ぬぐ》えない。

ロイのお陰《かげ》で、以前よりも前向きになれた。もしかしたら、トラウマも少しは薄《うす》まってくれたかもしれない。けれど、実際に目《ま》の当たりにしたときの自分の反応が怖《こわ》かった。

（どうしよう……）

コンコン、というノックの音に我に返る。扉《とびら》の向こうから声をかけてきたのは、テレビ局のスタッフだった。確か、番組ディレクターと云っていた気がする。

「大変お待たせしました。準備が終わりましたので、インタビューの立ち会いをお願いできますか？」

「わかりました、いま行きます。森住さんはどうされますか？　一緒にインタビューを見学しませんか？　面白《おもしろ》いものが見られると思いますよ」

「いいんですか？　でも、面白いものって…？」

「見ればわかりますよ」

ユーインのあとについて撮影が行われる部屋に入ると、ソファの周りに見慣れない機材が配置されている。

先にソファに座り、メイクを直してもらっているのがインタビュアーだろう。

「綺麗《きれい》な人ですね」

「岩澤《いわさわ》さんという方だそうですよ。有名なフリーのアナウンサーだと聞いていますが、森住さんはご存じありませんか？」

「ウチにはテレビがないので……」

テレビを日常的に見ることのない惺は、名前を聞いても全然わからない。

「そういえば、ロイがそんなことを云ってましたね。最近、とても人気があるそうですよ」

ユーインと話をしていたら、ヘアメイクを終えたロイも部屋に入ってきた。普段《ふだん》は洗いっぱなしの手櫛《てぐし》で整える程度の髪《かみ》が、きちんとセットされていた。

「それでは、インタビューを始めさせていただきます」

『よろしくお願いします、ミスター・クロフォード』

『こちらこそ、よろしく頼む』

ユーインが手にしている進行表通り、インタビューはつつがなく進んでいった。

(何か、知らない人みたい……)

インタビューに答えているロイは、惺の知っているロイとはまったくの別人だった。きっと、ユーインが云っていた『面白いもの』とは、この猫《ねこ》を被《かぶ》ったロイのことだったに違《ちが》いない。

ロイの受け答えは、ユーインの指示によるものなのだろう。佑樹が教えてくれた、クールで落ち着いた大人の男という印象はこうして作られているのだ。

こうして見ていると、ロイが愚痴《ぐち》を云っていた理由がよくわかる。本当のロイを知っていると、ずいぶん無理をしているのが見てとれた。

「あの、何で日本語使わないんですか？」

小声でそっと問うと、ユーインは体を屈《かが》めて耳打ちで教えてくれた。

「完璧《かんぺき》ではない日本語で答えて、ボロが出たら困るでしょう？」

ロイは球団にとって有力な選手であると同時に大事な広告塔《こうこくとう》でもある。そのためのイメージ作りは大切なことなのだろうが、少し可哀想《かわいそう》に思えた。

インタビューはあっという間に終わった。あらかじめ、質問の数と内容を決めてあったようだ。ユーインはディレクターに呼ばれ、いまの映像のチェックに行ってしまった。

岩澤というアナウンサーは最後に立ち上がり、ロイに握手《あくしゅ》を求めた。

『本日はお時間を取っていただき、ありがとうございました。お会いできて、本当に光栄に思ってます』

『俺のほうこそ楽しかった』

『明日の試合も楽しみにしています。ぜひ素晴《すば》らしいプレイを見せて下さい』

『ありがとう。活躍できるよう、がんばるよ』

二人の様子をぼんやりと眺《なが》めていたら、片づけをしているカメラや音声のスタッフの会話が耳に入ってきた。彼らは近くにいる惺に気づくことなく、噂話《うわさばなし》に花を咲《さ》かせている。

「岩澤さん、クロフォードのこと狙《ねら》ってるっぽいな。メイクも気合い入ってるし、まさか髪まで染めてくるとは思いもしなかったよ」

「クロフォードの好みが黒髪ストレートのアジア系美人なんだっけ？」

「そうそう。相手がクロフォードなら、遊びの一夜でも箔《はく》がつくもんな。この部屋に寝泊《ねと》まりしてるんだろ？　夜、押しかけたりして」

彼らの言葉につられてロイのほうを見てみると、岩澤というアナウンサーが積極的にアプローチしている様子が目に入った。

（お似合いって、ああいうのを云うんだろうな……）

女性のわりに長身でスタイルのいい岩澤は、知的な美人でロイの隣《となり》に立っていても見劣《みおと》りしない。つい、自分自身と比べてしまう。

身長は岩澤と同じくらいでも、体格は貧弱だし、見た目も取り立てて優《すぐ》れているわけではない。ロイは可愛《かわい》いと云ってくれるけれど、あれは動物に向かって云う言葉と同じようなものだろう。

『またお会いできることを祈《いの》ってます』

『俺もそう願ってるよ』

岩澤は未練たっぷりの視線をロイに向けながら、スタッフに促《うなが》されて部屋を出ていった。テレビスタッフがいなくなり、やっと静けさが戻《もど》ってくる。気がついたら、ロイも姿を消していた。堅苦《かたくる》しいと云っていたから、着替《きが》えに行ったのかもしれない。

テレビの画面には二人しか映らなくても、その周りにはあんなにもたくさんの人がいるのだと初めて知った。

「……あれ？」

アナウンサーが座っていた椅子《いす》の下に、きらりと光るものがあった。拾い上げてみると、それは鎖《くさり》の切れたペンダントだった。シンプルなデザインだけれど、大きめのダイヤのような石がついている。女性用のもののようだし、きっと岩澤の落とし物だろう。

「ウォンさん、これ落ちてたんですけど……」

「ああ、さっきの方が落としていったのかもしれませんね。私が連絡《れんらく》しておきます」

「僕、届けてきましょうか？　いまなら追いつくかもしれませんし」

「それはやめておいたほうがいいと思いますよ。きっと、嫌《いや》な思いをすると思いますから」

惺の申し出は、笑って一蹴《いっしゅう》された。しかし、その理由がわからず首を傾《かし》げてしまう。

「どうしてですか？」

「だって、わざと落としていったものをすぐに返されたら、思惑《おもわく》と外れてしまうでしょう？」

「わざと……？　思惑って、どういうことですか？」

「古い手ですよ。忘れ物をしたからと云えば、夜にまた部屋を訪《たず》ねる理由になるでしょう？

ロイは世間では軽い男だと思われていますからね」

「あ……」

つまり、あのスタッフたちが話していたことは事実だったのだろう。ロイへのアプローチは本気だったということだ。

「彼は女性に対して警戒心《けいかい》が薄いところがあるので、こちらで気をつけなければいけないんですよ。ロイが真面目《まじめ》につき合う気があるならかまいませんが、そうでないなら相手の方に利用されてしまうことが多いので」

「利用？」

純粋《じゅんすい》な好意からだとばかり思っていた惺は、ユーインの困ったような顔を見て目を瞬《またた》く。

「ロイ・クロフォードと関係を持ったとゴシップ誌に自ら売り込みに行くような方もいるんですよ。お金になることもありますから。私どもとしても、そういったことになると後処理が面《めん》倒《どう》なんです」

「じゃあ、ロイのスクープ記事とかって……」

「昔は確かに遊んでいた時期もありましたが、ここしばらくはやらせ記事ばかりですね。大勢の中でたまたま並んでいた場面をトリミングされていたり、悩《なや》みがあると持ちかけられた相談に応《こた》えているときだったり……女性のことを疑わないので、引っかかりやすいんですよ」

「そうだったんですか……」

ロイは優《やさ》しいから、女性が困っていると手を貸さずにはいられないのだろう。そんな人のよさにつけ込まれてしまうのは、彼がメジャーリーガーという立場にあるからだ。

出逢《であ》ったあの夜、ロイは惺が自分を知らないことを喜んでいた。ここまで顔や名前が売れてしまうと、打算のない出逢いはなくなってしまうのかもしれない。聞かされた真実に、大人の暗い部分を垣間見《かいまみ》てしまったような気がする。

「対外的なイメージはこちらである程度コントロールできますが、個人的なつき合いまではなかなか口を出せなくて。ロイが友人だと思っている相手を疑うわけにもいきませんからね。その人自身に打算はなくても、周囲が利用しようとしたりもするから、対処しきれないんです」

きっと、ロイはそうやって裏切られるたびに傷ついてきたはずだ。それでも人を信じようとするのは、彼の強さなのだろうか。

「申し訳ありません。少し、喋《しゃべ》りすぎましたね」

「いえ……」

ユーインは咳払《せきばら》いをし、それまでの空気を振《ふ》り払った。

「それでは。私は所用がありますので、失礼します。ロイのこと、よろしくお願いしますね。今夜も絶対に外へは出さないようにして下さい」

「わ、わかりました」

キツく念を押され、惺は力強く頷《うなず》いた。ユーインと入れ違いで、ロイがこの部屋に戻ってきた。さっきまではセットされていた髪も元通りに崩《くず》され、ジーンズにTシャツというラフな格好になっている。

「さっきのインタビュアーの方の落とし物があったので、ウォンさんに預けたんです」

わざと落としていったらしいということは云《い》わずにおいた。ユーインの見解を伝えてもいい気分はしないだろうし、惺の中に嫉妬《しっと》の感情がないわけでもなかった。

岩澤の自信に溢《あふ》れた笑顔《えがお》を思い出すと、気が重くなる。比較《ひかく》してても意味がないことはわかっていたけれど、彼女とロイが並ぶ姿を見て、初めて他人からの視線を意識した。

ロイと自分が一緒《いっしょ》にいても、誰《だれ》も恋人《こいびと》同士だとは思わないだろう。外見に違《ちが》いがなければ、兄弟だと云われていたかもしれない。好きだと云われて浮《う》かれていたけれど、周りが見えるようになってきて、現実がじわじわと歩み寄ってくる。

釣《つ》り合いが取れない上に、何の力にもなれていないことを考えると、ため息が出る。

(僕に何かできないのかな)

ユーインのように、ロイが何かを云う前に察して手を回せるほど有能でもないし、高校生である自分にできることなどほとんどないけれど、少しでいいからロイの役に立ちたい。

必死に考えていた惺は、さっきユーインに云われた言葉を思い出した。

「……あの、僕、明日の試合に応援《おうえん》に行ったほうがいいですか？」

躊躇《ためら》いがちに問うと、ロイは優しく笑って惺の肩《かた》に手をかけてくる。

「ユーインだな? 惺が見に行けば、俺がやる気出すとか何とか云ったんだろう。惺の気持ちは嬉《うれ》しいが、無理はしなくていい」

「でも……あっ、佑樹と一緒なら大丈夫《だいじょうぶ》だと思います! 佑樹も見に行きたいって云っているし、僕もロイの応援したいし」

「佑樹のぶんの席を用意するのはかまわないが、俺は惺が心配なんだ。惺にはいつか見にきてもらいたいとは思ってる。だけど、それは別に明日でなくてもかまわない」

「………」

「惺の気持ちだけ、ありがたく受け取っておくよ」

いまは肩に置かれたロイの手が、やけに重たく感じられた。できる範囲《はんい》のことをと思って申し出たのに、逆に気遣《きづか》わせることになってしまった。年齢《ねんれい》差を考えると庇護《ひご》されて当然なのかもしれない。

ロイに積極的に口説かれ、舞《ま》い上がっていたけれど、自分も男なのだ。一方的に大事にされていたいわけではない。

(ウォンさんには敵《かな》わないよな……)

決して彼に勝ちたいと思っているわけではないけれど、二人の間には惺には入り込めないような空気がある。仕事だけの関係には到底《とうてい》思えない。友人というよりは、むしろ長年連れ添《そ》った夫婦《ふうふ》のようだ。惺にはそれが羨《うらや》ましかった。

「ブランチを頼《たの》もうか？　朝から何も食べてないから、腹減っただろう？　ここのフレンチトーストが美味《うま》いと聞いたんだが、頼んでみるか？」

「あ、はい、そうですね……」

曖昧《あいまい》に笑って返すと、ロイはいそいそと電話をしに行ってしまう。

その背中を見ていたら、上手《うま》く言葉にはできないもやもやとした感情が、惺の中でじわじわと増殖《ぞうしょく》してきているのがわかった。本当にこれでいいのかと、自問自答してしまう。

「惺、すぐに届くそうだから少し待っていてくれ」

振り返ったロイの無邪気《むじゃき》な笑顔が、惺の胸を切なく締《し》めつけた。


「はあ……」

ロイが練習へと向かったあと、時間を無駄《むだ》にしたくなくて教科書を広げているけれど、勉強に身が入らない。シャーペンを握《にぎ》り直してはため息をつく、そんなことを繰《く》り返していた。

数学の問題集なら少しは集中できるだろうかと、違うテキストをスクールバッグから取り出そうとしたそのとき、部屋の電話が鳴り響《ひび》いた。

「はい、もしもし」

『フロントでございます。森住さまにお電話が入っているのですが、お取り次ぎしてもよろしいでしょうか？』

「あ、はい、お願いします」

さっき、大岩のことを報告するために佑樹に電話をかけたのだが、繋《つな》がらなかったので折り返してかけてくれるよう留守電にメッセージを残しておいたのだ。すぐに通話は切り替《か》わり、聞き慣れた声が流れてくる。

『あ、惺？　慣れないことさせんなよ。すっげー緊張《きんちょう》したんだからな』

ホテルのフロントに電話を繋いでもらうなんてこと、普通《ふつう》の高校生なら緊張して当然だ。しどろもどろに受け答えしている佑樹の姿が容易に想像がつく。

「ごめんごめん、かけてもらうほうが佑樹の都合に合わせられていいかなと思ってさ。いま、時間平気なの？」

『トイレって云って、練習抜《ぬ》けてきた。それより、大岩がクビになったって本当か？』

「うん、僕はそう云われた。学校で何か云われなかった？」

『一身上の都合により、退職するって朝のホームルームで副担から聞かされたけど、詳《くわ》しいことまでは云ってなかった。けど、そんなこと生徒に云うわけにはいかないもんな。でも、ずいぶん対応が早かったな』

「僕以外にも被害《ひがい》に遭《あ》ってる人がいたみたい。それで学園のほうも処分を考えてたんだって」

『へえ、じゃあ噂《うわさ》は本当だったんだな。何となく気持ち悪かったしな、あいつ。でも、惺もこれで安心して学校に来られるな！』

「うん。……でさ、佑樹に相談したいことがあるんだけど……」

前置きを終えた惺は、一番告げたかったことをようやく口にする。

『相談？　何かあったのか？』

深刻そうに返され、慌《あわ》てて云い訳をする。

「べ、別に大したことじゃないんだ！　ただ、その……」

ロイのことを相談するとなると、その前のことも話さなくてはならないことにいまさら気づく。佑樹なら偏見《へんけん》もなく受け止めてくれると思うが、気恥《きは》ずかしさは否《いな》めない。

「……実はさ……好きって云っちゃったんだ……」

『え、誰に!?』

「……ロ……ロイに……」

『はあ!?　マジかそれ!?』

鼓膜《こまく》が破れそうなほどの大きな声に、思わず受話器を耳から離《はな》す。うわんうわんと耳の中で佑樹の声が響いている。

「だ、だって、思わず口を滑《すべ》らせちゃったんだよ！」

『その前に、いつから好きだったんだよ!?』

「わかんないよ……気がついたら、好きになっちゃってたって云うか……。ロイに男同士でも恋愛《れんあい》できるって教えてもらったこともあるけど、日高が先輩《せんぱい》とつき合ってるらしいって佑樹云《い》ってただろ？　だから、好きになってもいいんだな、って気づいて……」

何がきっかけなのかなんてわからない。気がついたら、どんどん惹《ひ》かれていた。敢《あ》えて云うなら、一緒に過ごした時間が惺の気持ちを大きくしていった。

『で、どうなったんだ？　返事はもらえたのか？』

ストレートに問われ、口籠《くちご》もる。

「……………きだって云われた」

『何？　聞こえない。もっと、大きい声で云えよ』

「好きだって云われたの！」

恥ずかしさのあまり、やけくそになって叫《さけ》んだ。

『マジで!?　よかったじゃん！　ていうか、すごくないか？　相手はあのクロフォードだぞ』

電話の向こうの佑樹も混乱しているようだ。自分でもなかなか信じられなかったのだ。佑樹の気持ちはよくわかる。

「そ、そうだよね」

『で、つき合うことになったのか？』

「どうなんだろう…？　そこはよくわかんない……」

『両想《りょうおも》いならつき合うに決まってんだろ！』

「でも、本当に僕でいいのかな？　僕、ロイの役に全然立ててないし、守ってもらってばっかりだし……」

『役に……って、ロイのために色々したじゃん。ロイに役立たずとでも云われたのか？』

「ロイはそんなこと云わないよ！　そうじゃなくて、その……。あ、ウォンさんっていう人がいるんだけど、すごく有能な人なんだ。先生のこともその人が手を打ってくれて、普段《ふだん》は球団の広報の仕事をしてるんだって。いまはロイのマネージャーみたいなことをしてるんだけど、すごくロイのことをよくわかってて……」

『つまり、惺はその人に嫉妬《しっと》してるんだ？』

「ち、違《ちが》……っ、うと思う……。僕はただ、ロイの役に立てたらって……」

佑樹の指摘《してき》を否定しようとしたけれど、自分の気持ちが自分でもよくわからなくて、語尾《ごび》が小さくなっていく。

『違わないだろ。惺の気持ちもわかるけど、その人のことを気にしたってしょうがないじゃないか。惺より長いつき合いなんだから、ロイのことを知ってて当然だろ。それに惺は役に立ちたいって云うけど、別にロイがメジャーリーガーだから好きになったわけじゃないんだろ？』

「それはそうだけど……」

『だからさ、打算でつき合ってるわけじゃないんだから、そういうことを気にする必要なんてうけどな』

ないだろ。ロイだって、惺がそんなことを気にしてるって知ったら、同じようなこと云うと思
「……うん……」

佑樹の云っていることは正しいと思う。惺も頭では理解できる。だけど、もやもやとした気持ちがすっきりと晴れてくれない。ぐずぐず云っている惺に、佑樹はずばりと訊《き》いてきた。

『結局、惺は試合を見たいの？　見たくないの？　ロイのためとか、頼まれたからとかじゃなくて、惺の気持ちはどうなんだよ』

「僕の気持ち――」

佑樹の問いかけに、はっとなった。自分は根本的なことを考えていなかった。そのことに気づき、自問自答する。いったい、自分はどうしたいのか。よく思われたい、役に立ちたいというのは自分の欲だ。それすら取り払《はら》ったときの望みは何だろう。

「……見に行きたい」

自分の体に不安はあるけれど、ロイの活躍《かつやく》するところを見てみたいし、応援《おうえん》しに行きたい。それにいつまでも逃《に》げていては何も始まらないと教えてくれたのはロイだ。

『だったら、行けばいいじゃん。そのウォンさんって人に頼《たの》めば、席も用意してくれるんじゃないのか？　ロイが止めるなら、内緒《ないしょ》でさ。二人でガンガン応援してこようぜ。体調のことなら心配すんな！　もし、前みたいに倒《たお》れたりしたら、俺が連れて帰ってやるからさ』

佑樹は惺の不安を見抜《みぬ》き、力づけてくれる。佑樹に背中を押され、惺ははっきりと頷《うなず》いた。

「うん、そうだね」

『よし、決まり。やっぱりやめたって云うのはなしだからな』

「わかってるよ」

冗談《じょうだん》めかした言葉に、惺は小さく笑った。

7

「じゃあ、いってくるな」

「はい、がんばって下さい」

朝早くから張りきって練習に出かけるロイを笑顔《えがお》で見送る。扉《とびら》が閉まる音を確認《かくにん》してから、ポケットに入れておいたユーインの名刺《めいし》を取り出した。

覚悟《かくご》を決めて部屋に備えつけられている電話の受話器を取り上げた。そして、そこに書かれた電話番号をプッシュした。

『It is Wang.』

「あの、おはようございます。森住です。こんな時間からすみません」

『おはようございます。どうかしましたか？』

「……ウォンさんにお願いがあるんです」

『はい、何でしょう？』

「いまさらかもしれませんけど、今日の試合、見に行かせてもらえませんか。あ、もちろんチケット代はちゃんと払いますから」

図々《ずうずう》しい頼みだとわかっていたけれど、他《ほか》に頼める相手はいない。だが、ユーインは快く応じてくれた。

『何を云ってるんですか。もう森住さんの席は用意してありますよ。ぜひご招待させて下さい』

「ありがとうございます…！　あの、それで、僕が試合に行くことは、ロイには内緒にしてもらえませんか？」

もう一つの頼みを口にすると、ユーインは不思議そうに訊《き》き返してきた。

『どうしてですか？　きっと、ロイなら喜ぶと思いますよ』

惺の事情を知らなければ、誰《だれ》だってそう思うだろう。理由を話さなければ、理解してもらうのは難しいに違いない。本当はあまり人には云いたくはないのだが、ユーインなら無闇《むやみ》に他言することも、無神経な反応をすることもないはずだ。

「実は僕、野球自体が苦手で……」

『苦手とはどういうことですか？』

「ええと、僕の両親が交通事故で亡《な》くなったことは云いましたよね…？　実はそのとき、野球の試合を見に行く途中《とちゆう》だったんです」

両親を失った事故のこと、そして、そのときのトラウマについて掻《か》い摘《つま》んでユーインに説明した。

『なるほど、事情はわかりました。そのことをロイは知ってるんですね』

「……はい。だから、ロイには試合に来るのはやめとけって云われてて……。でも、見に行きたいんです」

『私はかまいませんが、森住さんは大丈夫《だいじょうぶ》なんですか？』

ユーインも惺のことを心配してくれる。惺は見栄《みえ》を張ることなく、素直《すなお》に答えた。

「正直、わかりません。でも、いまなら行けると思うんです。ロイのお陰《かげ》で辛《つら》かった記憶《きおく》を一つ乗り越《こ》えられました。いまなら、きっと大丈夫です。だけど、僕が行くって云ったら、ロイを心配させちゃうと思うので……」

自分に云い聞かせるように告げると、ユーインの柔《やわ》らかな声が返ってきた。

『そうですね、彼は心配性《しょう》ですから。そういうことなら知らせないほうがいいでしょう。私は手が離《はな》せないので、後ほど、他のスタッフにチケットを届けさせます。よく見える席を用意してありますから、楽しんで下さい。くれぐれも無理はなさらないよう』

「ありがとうございます！」

惺は電話の向こうのユーインに、深々と頭を下げた。

「すごかったなー！」

試合終了《しゅうりょう》後、興奮気味の佑樹がこちらを振《ふ》り返って云った。

「うん、すごかったね」

もっとたくさん感じたものもあったのに、口から出てきたのはそんな普通《ふつう》の言葉だった。他の言葉が思いつかないのがもどかしい。

試合は僅差《きんさ》でアメリカチームが勝利した。日米のトップ選手ばかりが出ているだけあって、野球をよく知らない惺が見ていてもすごいと思えるプレイばかりだった。ロイは三振《さんしん》をたくさん取り、ホームランまで打つなどの大活躍だった。

いざとなったら退席するつもりでいたのだが、生の試合の臨場感に引き込まれ、活躍するロイを見て胸が躍《おど》った。夢中になっている間は嫌《いや》な記憶が蘇《よみがえ》ってくることもなく、気分が悪くなることもなくてほっとした。

（そういえば――）

急に古い記憶が蘇ってきた。ふと思い出したのは、出かける前に両親と交《か》わした会話だ。

――いつかメジャーの試合を見に連れてってやる。

父は惺にそう云っていた。NYにいたときは多忙《たぼう》で、ほとんど一緒《いっしょ》の時間を過ごせなかったことを後悔《こうかい》していたようだった。だから、今度は家族旅行でアメリカに行こうと云ってくれた。

きっと、父はこの一体感を味わわせたかったのだろう。思わず父の想《おも》いに触《ふ》れ、じわりと涙《なみだ》が浮《う》かんでくる。

「惺？　もしかして、気持ち悪くなった？」

涙ぐんでいる惺に気づいて、すぐに申し訳なさそうな顔になる。

「ううん、違《ちが》うんだ。何か、感動しちゃって。……父さんがね、僕をいつかメジャーリーグの試合に連れてってくれるって云《い》ってたのを思い出したんだ」

それを思い出すことができたのは、ロイのお陰だ。

「そっか。じゃあ、今日ここにいるのは、おじさんの想いが惺を引き寄せたからなのかもな」

「それもあるかもしれないけど、やっぱりロイと佑樹のお陰だと思う。ありがとう」

「バカ、改まって云われると照れるだろ」

思い過ごしかもしれないけれど、試合中、ロイがこちらを見たような気がした。こんな大きなスタジアムの客席にいる一人に気づくはずがないと思いつつも、気づかれただろうかとドキリとした。

「まさか、最後にホームラン打つとは思わなかったよな」

「僕もびっくりした。全然、ルールわからなかったけど面白《おもしろ》かった」

「打ったあと、こっち見た気がしたけど、ロイに見に来てることは云ってないんだろ？」

「う、うん、云ってない…」

佑樹もロイがこちらを見たと感じていたことに驚《おどろ》く。視力はいいようだし、もしかしたら惺たちがいることに気づいていたのかもしれない。

「じゃあ、気のせいかな。でも、ロイってマジですごい選手だよな。他の選手がもうちょっと活躍《かつやく》すれば、ブラックラビッツは最強になるのにな〜」

「あんまり強くないチームなの？」

「いつもそこそこって感じ。喩《たと》えて云うなら、俺の成績みたいなもんかな。俺にとっての数学みたいな感じで、ロイがいるから何とかなってる感じがする」

「なるほど……」

佑樹のわかりやすい喩えに納得《なっとく》する。

試合を観戦し、ようやくロイのすごさを実感した。一挙一動に目を奪《うば》われ、観衆の声に応《こた》え、期待通りのところで応えてくれる。スーパースターという言葉はロイのためにあるように思えるほどだ。

あのマウンドにいた人が、惺の家で丈《たけ》の足りない浴衣《ゆかた》を着て過ごしていたロイと同一人物だとは思えない。あの人が惺のことを好きだと云ってくれたなんて、いまとなっては信じられない気持ちもある。

でも、大勢のファンの想いを大きな背中に背負ってグラウンドの真ん中に立っているのが、ロイの本当の姿なのだ。その人が自分の好きな人だということを誇《ほこ》らしく思うと共に、改めて彼との間に距離《きょり》のようなものを感じた。

（ロイがすごい人だってことは、初めからわかってただろ）

胸の奥に、何かが引っかかった。けれど、余計なことは考えないよう思考を振り払《はら》う。せっかくの楽しい気分なのだから、もう少しくらい浸《ひた》っていたい。

「……何か、喉渇《のどかわ》いちゃった。飲み物買ってくるね」

「俺が行ってこようか？」

「ううん、汗掻《あせか》いちゃったから手も洗いたいし、僕が行ってくるよ。ちょっと待ってて」

「MVP発表の前には戻《もど》ってこいよ」

佑樹を残して、席を立った。関係者席を取ってもらったためか、中の通路にはあまり人がいない。一人になり、惺は複雑なため息をついた。

トイレも空《す》いていてよかったのだが、その後、売店を探しに出て迷ってしまった。周辺に案内の表示もなく、惺は途方《とほう》に暮れる。

「この歳《とし》で迷子って……」

方向音痴《おんち》ではないはずだが、スタジアムの中は同じような光景ばかりで、目印になるようなものがあまりない。早く戻らなければ、佑樹が心配する。誰かに道を訊《き》けないだろうかと、近辺をうろうろしていると奥のほうから話し声が聞こえてきた。

「こんなところで何をしていたんですか？」

知った声だったため、角から声のしたほうを覗《のぞ》いてみると、ユーインがスタッフらしき二人の前で腕《うで》を組んで立っていた。

（どうしたんだろう……）

何となく剣呑《けんのん》な雰囲気《ふんいき》が漂《ただよ》っているように見える。自分が姿を見せると余計にややこしいことになってしまいそうだったため、惺は物陰《ものかげ》に隠《かく》れた。

「いや、ちょっと迷っちゃって……」

「そ、そうなんですよ！　このスタジアム広いから」

「迷子でわざわざ選手のロッカールームに入り込んでるのは、どういうわけですか？　そのカメラは何のために持ってるんでしょう？」

「これは……」

その遣《や》り取りを聞く限り、彼らはアメリカチームの選手たちのロッカールームに忍《しの》び込んでいたようだ。それをたまたまユーインが発見してしまったらしい。

「それとそのポケットにあるものも素直に出して下さい」

「別に何も取ってませんよ。なあ？　ちょっと中を見てみたかっただけです。どうもすみませんでした」

「あ、ああ」

「あなたはそうじゃないでしょう？　大人しく指示に従わないようなら、警察に突《つ》き出してもいいんですよ？」

「わ、わかった、わかったよ！」

男は服の中からボールやタオル、誰《だれ》かの私物と思われるようなキーホルダーを取り出し、ユーインに差し出した。

「これをどうするつもりだったんですか？」

「このくらいなら記念にもらってったって、どうってことないかと思って……」

男の勝手な云い分に、立ち聞きをしている惺も呆《あき》れてしまう。

「まったく……。このことは、責任者には報告しておきます」

「そんな……！　警察には云わないって云ったじゃねぇかよ！」

「警察に突き出さないと云っただけで、見なかったことにするとは云っていません。責任は自分で取るのが社会の常識でしょう」

「く……」

男たちはユーインの言葉に押し黙《だま》った。

（あんな怖《こわ》い顔もするんだ……）

声を荒《あら》らげているわけではなく、静かに云い聞かせているだけなのに、冷ややかな声音《こわね》と眼《まな》差《ざ》しに惺まで背筋を伸《の》ばしてしまう。顔が綺麗《きれい》だからこそ、余計に怖い。

ユーインが去ったあと、日本人スタッフたちがやっかみで悪口を云い始めた。

「何であの人、あんなに偉《えら》そうなわけ？」

「一時期クロフォードの恋人《こいびと》だったからって、態度でかすぎるだろ」

「それホントかよ⁉」

「ああ、そんなようなことをネットの記事で読んだことある。しっかし、クロフォードも黒髪《くろかみ》が好きだからって、節操なさすぎだよな」

「ホントだよ。女だけで充分《じゅうぶん》だろ」

「最近、噂《うわさ》を聞かないのは未練があるからかねぇ？」

彼らはそんなふうに毒づきながら去っていく。物陰でそれを聞いていた惺は、自分の中ですうっと血の気が引いていくのを感じていた。

「……そうだったんだ……」

ユーインがロイの恋人だったと云っていた。まさかという思いもあるけれど、思い当たる節もある。お互《たが》いに言葉を交《か》わさずにわかりあっているところもあるし、ユーインの甲斐《かい》甲斐《がい》しさを考えると、恋人同士だったというほうが納得できる。

呆然《ぼうぜん》としていたら、たまたま通りかかった清掃《せいそう》スタッフに声をかけられた。

「どうかしたんですか？」

「あ、す、すみません。道に迷っちゃって……。この席に戻るにはどう行けばいいですか？」

ポケットに入ってたチケットを見せて道順を訊《たず》ねると、親切に教えてくれた。

「この通路をまっすぐ行って、二つめの階段を上がるとすぐですよ。上の階に行けば、案内も出ていますから」

「ありがとうございます」

お礼を云《い》ったあと、重たい気分を振《ふ》り切るように早足に通路を歩いていく。だけど、そんなことくらいで胸に生まれた嫌《いや》な気持ちを消し去ることなんてできなかった。

ロイに好きだと云われてから、心の片隅《かたすみ》にあった不安がいまは惺の中から溢《あふ》れてきてしまいそうだった。

いや、むしろこれは『諦《あきら》め』のようなものかもしれない。どんな内情を知らされたからと云って、ロイへの想《おも》いが変わることはない。彼がどんな人間でも、惺に見せてくれた顔は本物で、惺はそれを好きになったのだから。

けれど、ロイはアメリカに帰ってしまう。ファンに囲まれ、記者に追い回されながらも、ストイックに自分のすべきことに取り組む野球選手としての生活に戻っていく。果たして、そこに惺が入り込む隙《すき》などあるのだろうか。

(元々、無理だったんだろうな)

立ち聞きしてしまった噂話《うわさばなし》に、目を覚まされた気がする。

ユーインへの嫉妬心《しっと》はあれど、それ以上に自分の無力さを噛《か》みしめる。佑樹は好きでいるだけでいいと云ってくれたけれど、高校生同士の恋愛《れんあい》ではないのだ。トップクラスのアスリートの傍《そば》に、ただ黙っているわけにはいかないだろう。

それこそ、ユーインのようにフォローできるような存在でなくては、結果的にロイの負担になってしまいかねない。そう思うと、怖くなった。

「ごめん、佑樹。遅《おそ》くなって」

「売店混《こ》んでたのか？」

「ううん、中で迷子になっちゃって……」

「このスタジアム広いもんな。大丈夫《だいじょうぶ》だったか？――って、マジで顔色悪いな。具合悪いんじゃないのか？」

佑樹はすぐに惺の顔色が優《すぐ》れないことに気づいた。大丈夫、と笑ってみせようとしたけれど、心を許している親友の前では見栄《みえ》を張りきれず、弱音を吐《は》いてしまう。

「……ちょっと疲《つか》れたみたいで、少し気分が悪くなっちゃった」

「ホテルまで送ってこうか？」

「ううん、家に帰るよ。先生のことはケリをつけてもらったし、頼《たの》まれてた僕の役目も今日で終わりだから」

現実を思い知ってしまったいま、純粋《じゅんすい》な気持ちでロイに会うことはできない。どうせ別れるのなら、自分の嫌な面を知って欲しくない。

惺の気持ちの変化を察したのか、佑樹は心配そうな顔をする。

「ロイに会っていかなくていいのか？」

「うん、今日は忙《いそが》しいだろうし、仕事の邪魔《じゃま》をするわけにはいかないから」

「でも、もし大岩が押しかけてきたりしたらどうすんだよ。クビになって自棄《やけ》になってるかもしれないじゃん」

「もう大丈夫だよ。もし来たとしても、鍵《かぎ》かけてれば心配ないって。何かあったら警察に通報するからさ」

「でもな……。あっ、じゃあウチに来るか？　母さんも惺が最近遊びに来ないから淋《さび》しいって云ってたしさ」

「ありがと。でも、今日は家に帰りたいんだ。仏壇《ぶつだん》のお水も換《か》えてないし」

あれこれと提案してもらったけれど、惺はどれも辞退した。今夜は一人で気持ちの整理をつけなければならない。

「そっか……」

「あ、でも、帰りにホテルに寄ってもいい？　荷物取りに行きたいから」

「惺、お前――」

「ごめん、いまは何も云わないで。気持ちの整理ができたら話すから。……勝手なことばっか云ってごめん」

「俺に謝らなくていい。んじゃ、行くか惺」

佑樹と二人、興奮冷めやらない会場を早々に抜《ぬ》け出した。すでに帰り始めた一般客《いっぱんきゃく》の流れは駅へと向かっている。その流れにハマってしまわないよう、歩いてすぐのところにあるホテルを目指した。

「やっぱ、すごい人だな。大丈夫か、惺？」

「うん、外に出たら少しよくなった気がする」

佑樹と言葉を交わしていたそのとき、人込みが大きくざわめいた。彼らの視線の先を見てみると、スタジアムの外にある大型液晶《えきしょう》ビジョンで、始まったばかりのMVPインタビューの模様が映されていた。

「ロイがMVPだって！　こうして見ると、やっぱカッコいいな」

「うん、世界一カッコいい」

画面いっぱいの晴れやかな笑顔《えがお》に胸を締《し》めつけられる。やっぱり、好きだ。こんな気持ちになるのは、ロイを措《お》いて他《ほか》にはいない。あの青い瞳《ひとみ》が自分を映していたのだと思うと、それだけで満たされた気分になる。

しかし、彼は向こうの世界の人なのだ。いまこうして大きな画面でロイの笑顔を見て、改めてそれを実感した。ただ恋《こい》をするだけならいい。だけど、一緒《いっしょ》にいることで自分がお荷物になってしまうことは目に見えている。

お互いのためには、この『夢の時間』から目を覚まさなくてはいけないのだ。

（遠いなぁ……）

本当はいまの距離《きょり》が正しいのだろう。ロイと出逢《であ》って過ごした日々は、現実であって現実じゃない夢のようなものだったのだ。恋の終わりは、意外にも呆気《あっけ》ないものだった。それでも、いい夢が見られたと思えば、充分幸せだ。

ロイのお陰《かげ》で、トラウマを一つ乗り越《こ》えられたし、誰《だれ》かに恋をしてドキドキする気持ちを味わうことができたのだから。

惺は信号が変わると同時に、大型ビジョンに背中を向けて歩き出した。

何も云わずに帰ったら、何か事件に巻き込まれたのではと心配されるかもしれないと思い、ホテルにはロイへのメッセージを残してきた。カードキーをフロントに返してきたから、もうあの部屋へは戻《もど》れない。

電車を乗り継《つ》いで、やっと自宅に帰りつく。静けさには慣れたと思っていたのに、数日ぶりに戻った自宅は思っていた以上に寒々しかった。

「ただいま、父さん、母さん、おばあちゃん、おじいちゃん。ごめんね、何日も水も換えなくて」

線香《せんこう》を立てて仏壇に手を合わせる。明日からはまた以前と同じ生活が始まる。学校に行って、バイトをして、その合間に家事をこなし——そんな当たり前のことが懐《なつ》かしく思えるのは、ロイと過ごした時間がとても密度の濃《こ》いものだったからだろう。

「片づけないと」

流しに置かれたままだった食器も洗わなくてはいけないし、ロイが着ていた浴衣《ゆかた》もアイロンをかけてしまわなくては。晴れたら布団《ふとん》も干したいし、客間にも掃除機《そうじき》をかけなくてはならない。ロイのことを考えたくなくて、余計なことばかりに思いを馳《は》せる。

けれど、家のあちこちに残った彼との思い出が、悍の胸を詰《つ》まらせた。ロイがおでこをぶつけた鴨居《かもい》や、寝《ね》ころんでいた畳《たたみ》を見ると否応《いやおう》なくあの笑顔を思い出してしまう。

ロイの前から逃《に》げてきたところで、悍の中にある気持ちまで片づけられるわけではない。

（……そっか、僕、逃げてきたんだ……）

負担になりたくない、世界が違《ちが》うというのは、云い訳にしかすぎなかったのかもしれない。

結局は、自分よりも近くにいるユーインとロイが笑い合う姿を見たくないだけだったのだ。いまになって自らの余裕《よゆう》のなさを思い知り、自嘲《じちょう》の笑みが込み上げてきた。

「子供っぽいよなぁ……」

嫌なものは見たくないなんて、駄々《だだ》を捏《こ》ねる子供そのものだ。必死に背伸《せの》びしてみたけれど、無理はいつまでも続くものではなかったのだろう。

もちろん、自分にした云い訳が嘘《うそ》だったわけじゃない。

負担になりたくないのは嫌《きら》われたくないから。生きている世界が違うことが障害になるのは二人の間の溝《みぞ》の深さを知りたくないから。

そんなふうに考えてしまう自分に落胆《らくたん》しながら家事をこなしていると、突然《とつぜん》、玄関《げんかん》のチャイムが鳴り響《ひび》いた。時計に目をやると、あの夜、大岩が訪ねてきた時間とほぼ一緒だった。

（まさか、先生じゃないよな……？）

佑樹の云《い》っていた言葉を思い出し、不安が込み上げてくる。本当に自棄になった大岩が訪ねてきたとしたら、どんなことをしてくるかわからない。怯《おび》えながらも、そっと玄関を覗《のぞ》いた悍は、磨《す》りガラスに映ったシルエットに来訪者が誰なのかを悟《さと》った。

「ロイ……」

「悍、いるんだろう？　ここを開けてくれ！」

ロイは悍の気配を察したようで、声をかけてくる。必死に懇願《こんがん》されるけれど、顔を見てしまえば離《はな》れがたくなってしまう。絶対に戸を開けるわけにはいかない。

「開けられません。お願いですから帰って下さい」

「どうしてだ？　このメッセージはどういう意味なんだ？　さよならって、まさかもう会わないつもりじゃないだろうな!?」

英語で残してきたメッセージは、悍の意図をきちんと伝えてくれていたようだ。しかし、こうしてロイがその日のうちに悍の家まで来るとは思いもしなかった。打ち上げや記者会見などもあったはずだが、それらはいったいどうしたのだろう。

「僕はそのつもりです」

「いったい、どうしたんだ惺！　もし何か怒《おこ》らせるようなことをしたなら謝る。だから、顔を見せてくれ」

「ロイは悪くありません。でも、もう会わないほうがいいんです」

頑《かたく》なに拒《こば》む惺にロイは理由を教えてくれと云って引き下がろうとしない。

「意味がわからない。どうして、いきなりそんなことになったんだ！　もしかして、試合を見に来たせいか？　スタジアムで何かあったんじゃないだろうな？」

「……ッ」

やはり、ロイは惺たちが観戦していることに気づいていたらしい。

「試合を見てたんだろう？　俺は惺が見てくれてるとわかったから、いつも以上の力を発揮できた。あのホームランは惺のお陰だ」

「何云ってるんですか。あれはロイの実力です」

「違う。惺がいたからだ」

「もしそれが本当だとしても、僕はもうロイには会えません」

ユーインに嫉妬《しっと》しているくらいなのだから、ロイに対して独占欲《どくせんよく》も抱《いだ》いているのだろう。一緒にいれば、子供っぽいエゴでロイを縛《しば》りつけようとしてしまうかもしれない。

急にロイを取り巻く世界の広さに気づき、怖《こわ》くなってしまった。こんな気持ちでロイの傍《そば》にいるのは失礼だと思う。

「住んでる世界が違ったんです。それに、あなたはもうアメリカに帰っちゃうじゃないですか。そうしたら、僕のことなんてすぐ忘れますよ」

ロイは自分がスター扱《あつか》いされることを嫌《いや》がっていた。だからきっと、こう云えば惺の前から姿を消してくれるはずだ。

「忘れるわけないだろう！　俺は惺と別れることなんて考えられない。本当は一時《いっとき》だって離れたくないんだ」

「僕が怖いんです。アメリカに一度帰ったら、あなたみたいな大スターが僕のところに戻ってくるなんて信じられない。不安な気持ちで待ってるのは嫌なんです。だったら、もう会えないってわかってたほうがいい」

敢《あ》えて我が儘《まま》な言葉を口にした。自分に対して幻滅《げんめつ》してくれればいいと思っての発言だったけれど、ロイはしばらく考え込んだあと、予想もしないことを云ってきた。

「――わかった。だったら、俺が日本に来ればいいんだな」

「は…？」

「待っててくれ。すぐに話をつけてくる」

「え、ちょっ……」

云っている意味がわからず呆然《ぼうぜん》としていたら、ロイはそう云って玄関の前から離れていった。

はたと我に返った惺は施錠《せじょう》を解き、戸を開ける。
外に出たときにはロイの姿はすでになく、木枯《こが》らしが吹《ふ》いているだけだった。

8

次の日の早朝、家の電話がけたたましく鳴った。結局、昨日から一睡《いっすい》もしていない。ロイの残していった言葉が気になって、眠《ねむ》れなかったのだ。

仕方なくいつもより早く起き出し、朝の仕度《したく》を始めていた。

こんな時間にかけてくる相手など思いつかない。佑樹だって、いまは夢の中にいるはずだ。よもや、と思いながら受話器を取った。

「はい、森住——」

『ウォンです。いまよろしいですか？』

「は？　あ、はい……」

丁寧《ていねい》なユーインにしては、不躾《ぶしつけ》な切り出しだった。しかも、どことなく声が疲《つか》れているように聞こえる。

『突然のお願いで申し訳ないのですが、助けてもらえないでしょうか？』

「な、何かあったんですか？」

いきなり助けて欲しいと云われても困ってしまう。それ以前にユーインにできなくて、悍にできることなんてあるのだろうか。

『ロイを説得して欲しいんです。ブラックラビッツに違約金《いやくきん》を払《はら》って、入団テストを受けてでも、日本の球団に入ると云《い》い始めたんですよ』

「えっ、どうしてですか？　何で急にそんなこと――」

云いかけ、昨夜のロイの言葉を思い出した。

――だったら、俺が日本に来ればいいんだな。

（まさか、僕があんなこと云ったからじゃないよな…？）

ロイがいきなりそんな突拍子《とっぴょうし》もないことを云い出したのは、日本に来るためかもしれない。自意識過剰《じいしきかじょう》すぎるかもしれないけれど、他《ほか》に理由は思いつかなかった。

しかし、契約途中《けいやくとちゅう》で球団を移籍《いせき》することが難しいであろうことは、野球に詳《くわ》しくない惺にも容易に想像できる。

『本人は理由を云おうとしません。いま、私のところで話を止めているんです。これが球団側に知れたら、大騒《おおさわ》ぎになる。そうなる前に、説得したいんです。協力してもらえませんか？　あなたの云うことなら、耳を貸してくれると思うんです』

「でも、僕なんか……」

『今回のことは、あなたも関係してるんじゃないですか？』

「！」

まさか、自分のせいでロイが無茶《むちゃ》をしようとしているかもしれない、とは云いにくい。口籠《くちご》もっていると、唐突《とうとつ》な質問がぶつけられた。

『ロイのこと、どう思ってますか？』

「え…？」

むしろ、その質問は自分が逆にユーインにぶつけたいと思っていたことだ。問いかけの意図がわからず目を瞬《またた》いている慳に、ユーインは端的《たんてき》に告げてくる。

『ロイはあなたのことが好きですよ』

「！」

『いきなり、日本に移籍したいなんて云い出したのは、あなたと離《はな》れたくないからでしょう。ロイは云いませんが、見ていればわかります。ロイがどれだけあなたに夢中になってるのか』

「あの、僕は……っ」

『わかっています。もちろん、森住さんがそんなことを頼《たの》んだとは思っていません』

ユーインには全《すべ》てお見通しだったようだ。自分の気持ちを云う前に確認《かくにん》しておきたいことがあった。

『恋《こい》に溺《おぼ》れる気持ちは理解できなくはない。ですが、一時の感情でいままでのキャリアを捨てようとするのは愚《おろ》かなことだと思いませんか？』

彼の言葉は尤《もっと》もで、それを否定する気もない。しかし、すぐに頷《うなず》くことはできなかった。その代わりに、自分の心に引っかかっていた問いを思い切って口にする。

「……ウォンさんは、ロイとつき合ってたって聞きました」

『それは――』

「本当のことを教えて下さい」

惺が頼み込むと、ユーインは躊躇《ためら》いがちに口を開いた。

『……わざと周りにそう思わせていたんですよ』

「どうしてですか？　どうして、ウォンさんがそんなこと……」

ゴシップ対策なのかもしれないが、ユーインがそこまでする理由がわからない。つき合っていないのだとしても、ロイのことを想《おも》っているからこそではないのだろうか。

『昔の……若気の至りのようなものです。ほとんど、私の都合です』

「都合？　どういうことですか？」

『私はロイのお兄さんがずっと好きだったんです。彼に振《ふ》り向いて欲しくて、ロイと二人で芝《しば》居《い》を打ったんです。ちょうどそのとき、ロイも厄介《やっかい》な女性に引っかかってしまって困っていましてね。お互《たが》いの利害が一致《いっち》したわけです。その目論見《もくろみ》自体は上手《うま》くいきました』

「じゃ、じゃあロイのお兄さんとは……」

『お陰《かげ》さまで思惑《おもわく》通りにいきました。しかし、その後に問題がありまして。余計なところにまで私たちが関係しているという話が伝わってしまい、それに尾《お》ひれがついた形で噂《うわさ》になって広がったんですよ。足を掬《すく》おうと考えてる人は多いですからね』

スター選手であるロイは向けられる嫉妬《しっと》が半端《はんぱ》ではないのだろう。やっかまれ、陰口《かげぐち》を叩《たた》かれるのは日常茶飯事《さはんじ》であることは容易に想像がつく。揚《あ》げ足を取るために、鵜《う》の目鷹《たか》の目で周辺を探《さぐ》られているはずだ。

「本当に、ロイのことは……」

『森住さんには失礼ですが、あんな手のかかる男は趣味《しゅみ》ではありません。彼の尻《しり》ぬぐいをしているのは、あのときの恩と彼の兄に頼まれているからです。ロイとは幼なじみでもありますしね。もし私の態度があなたを不安にさせてしまっていたのなら謝ります』

教えられた事実に、頭がついていかない。

「ええと、その、つまり、ロイとは何ともないってことですか…?」

『ええ。神に誓《ちか》って何もありません。でも、そんな噂が気になるってことは、やっぱり、ロイのことが好きなんですね。昨日、ロイに会わずに帰ってしまったのはそのせいですか?』

「……っ」

図星を指され、声を詰《つ》まらせる。ユーインには何もかも見抜《みぬ》かれているのではないだろうか。

『どこでそんな話を耳に?』

「スタジアムで迷子になってしまって、ウォンさんがスタッフの方たちに注意をしているのを見てしまったんです。そのとき、そのスタッフさんたちがそんな話をしていて……」

『ああ、あの人たちですか……』

「ロイは好きだって云ってくれました。僕だってロイのことが好きです。けど、僕みたいなのがロイの傍《そば》にいても邪魔《じゃま》にしかならないって気づいたんです」

自分に自信が持てないだけだろうと云われるかもしれない。けれど、惺にとってはそんな簡単な問題ではないのだ。

上手く説明できないけれど、隣《となり》に並ぶためには足りないものが多すぎる。

『ロイはそういう謙虚《けんきょ》なところに惹《ひ》かれたんだと思いますよ』

「でも、僕はロイに何もしてあげることができないんです。負担になりたくないんです。それに生きている世界も違《ちが》うじゃないですか。あんなすごい人に、僕なんて相応《ふさわ》しくないって気づいてしまって……」

『本当に控《ひか》えめなんですねぇ』

ユーインは惺の告白に小さく笑った。真剣《しんけん》に云っているのに、と拗《す》ねた気持ちになりかけたそのとき、それまでよりも真面目《まじめ》な声で告げられた。

『彼はずっと自分を癒《いや》してくれる人を求めていました。でも、ロイ・クロフォードに群がるのは彼の上辺だけしか見ていない人たちばかりです。ロイのことを何も知らない、知らなくても親身になってくれる森住さんだから好きになったんでしょう』

「…………」

『世界が違う、と云いましたけど、しょせんロイもあなたもただの人間です。周りの環境《かんきょう》で人と自分を区別する必要なんてどこにもないんですよ。一緒に過ごしていて、どう感じました か?』

「どうって……」

二人で過ごしているときのロイは大スターだと思えないくらい普通《ふつう》の人だった。金銭感覚はずれていたけれど、自分と同じように些細《ささい》なことに喜び、驚《おどろ》く姿は親近感を覚えた。

ロイと一緒にいるとドキドキもするけれど、ほっとするような空気に包まれ、不思議な安心感があった。まるで、家族と過ごしているような居心地《いごこち》のよさだった。

『素直《すなお》に感じた気持ちが全てですよ。周囲の雑音に惑《まど》わされないで下さい』

「!」

その言葉に、はっとする。佑樹にも同じようなことを云われた。余計なことを考えずに、自分の本音はどうなんだ、と。

『ロイがこんな我が儘《まま》を云ったのは、初めてなんです。それだけ、必死だということじゃないでしょうか?』

「ロイが必死……?」

『高校生のいまはできることが少なくて当然ですよ。私から見たら、まだ子供なんですから。でも、あと数年もすれば成人でしょう。その期間が長いと思うか短いと思うかは、その間に何をしたかで違うんじゃないですか? それに飛行機に乗ればアメリカなんてすぐそこですよ』

「……そうですね。西海岸なんて、飛行機で半日もあれば着くんですよね」

ユーインに教え諭《さと》され、目から鱗《うろこ》が落ちた気がした。ロイがアメリカに帰ってしまうのなら、追いかければいい。自分がじっと待っている必要はないのだ。

ロイが必死になってくれているのなら、自分はもっともっと必死になればいい。

『あなたの年齢《ねんれい》を考えると表立って応援《おうえん》はできませんが、私はお似合いだと思いますよ』

「な、何云《い》って……っ」

思わず、顔が熱くなる。ユーインがそんなふうなことを云ってくるとは思わなかった。

『お願いします。あのわからずやのことをどうにかしてやって下さい』

「…………」

どうするのが賢《かしこ》いことなのかは、惺にはわからない。

もう、ロイとは関《かか》わらないようにしようと一度は心に誓ったけれど、ロイが自分のキャリアやいままでの努力を捨てようとしていることだけは止めなければと思った。

「……いまから行きます」

制服を着替《きが》える時間も惜《お》しんで急いでホテルへ行くと、ロビーでユーインが待っていた。小走りで駆《か》け寄ると、惺に気づいて軽く頭を下げた。

「すみません、お呼び立てしてしまって」

「いえ、こちらこそお待たせしてしまってすみません。ロイは部屋にいるんですか？」

「ええ、いまジェフが説得していますよ」

惺はユーインと共に、ロイと過ごした部屋へと向かう。

「……僕の云うことを聞いてもらえると思いますか？」

ユーインに背中を押されて、一度は逃《に》げ出したところへ戻《もど》ってきたけれど、いざ対面するとなると怖《お》じ気づいてしまう。ロイが日本に来ると云っている理由が、惺に関係ないのだとしたら恥《はじ》をかくだけだ。

「大丈夫《だいじょうぶ》ですよ。彼は単純なんです。日本語では筋肉バカというんですか？」

「ええと……」

はっきりとした物云いに、何と返せばいいのかわからない。あまりいい言葉ではないのだが、ユーインはわかって云っている気がする。

「だからこそ、人に好かれるし、一つの目標に向かって人並み以上の努力ができる。つまり、そのぶん頑固《がんこ》なんです。お願いします。ロイの目を覚まさせてあげて下さい」

「……がんばります」

恥をかこうがかまわない。まずはロイに冷静になってもらうことが大事なのだから。それにもし惺がどんな勘違《かんちが》いをしようが、ロイがその失敗を嘲笑《あざわら》ったりすることはないはずだ。

部屋に入ると、ロイとジェフリーの諍《いさか》うような声が聞こえてきた。

『いいから落ち着いて考え直せ。自分がどれだけ無茶《むちゃ》なことを云ってるかわかってるのか？』

『わかってるに決まってるだろ。いい加減な気持ちで、こんなこと云うわけない』

『だったら、どうして！　そこまでして移籍《いせき》したい理由は何なんだ!?』

『――――』

ジェフリーに問い詰められても、ロイはだんまりを決め込んでいる。答えたくないというよりは、答えられないのかもしれない。

「ロイ」

惺が姿を見せると、ロイは目を瞠《みは》った。

「惺！　どうしてここに……」

「ウォンさんから電話をもらいました」

「説得しろって云われたのか？」

ロイはぎゅっと眉根《まゆね》を寄せた。自分の提案を周囲に大反対されて、意固地になっているように見える。確かにロイは頑固で一途《いちず》だ。そうでなければ、義妹《いもうと》に会うために誰《だれ》にも云わず単身日本に来たりはしないだろう。だけど、誰の話も聞き入れないほど頑《かたく》なではないはずだ。

「云われました。でも、ここに来たのは自分の意志です。契約《けいやく》解除だなんてやめて下さい」

「惺は俺が日本に来ないほうがいいっていうのか？」

「そうじゃありません。いままでのキャリアを棒に振《ふ》るようなことをやめて欲しいだけです」

「だけど、こうしないと――」

云いかけ、途中《とちゅう》で黙《だま》り込む。やはり、惺の云った言葉に囚《とら》われているのだろう。それを口にしてしまえば、惺が責められることになる。だから、理由を話そうとしないのだ。

「契約を途中で破棄《はき》するってことは、一度した約束を違《たが》えるってことですよね？　そんな無責任な人じゃないでしょう」

「……ッ、それは……」

惺の問いかけに、ロイは辛《つら》そうな顔をする。意に添《そ》わない選択《せんたく》をさせてしまったのは、自分の責任だ。そのことに罪悪感を覚えつつも、ロイの想《おも》いの一途さに胸を打たれた。

身勝手だとわかっているけれど、何もかも投げ捨てても自分を選ぼうとしてくれたことが嬉《うれ》しかった。

「わかってくれ、惺。こうでもしないと日本には来られないんだ。シーズンが始まれば身動きが取れなくなる。俺がもっと器用なら、他《ほか》の仕事もできただろう。でも、俺には野球しか取り柄《え》がないんだ」

いつになく辛そうな顔で想いを告げるロイに惺は心を決めた。正直、いまのいままで迷っていたけれど、そんな気持ちもすっきりとしている。

(僕にもできることはあるって教えてもらったから)

いまは何もできなくてもどかしい想いをするかもしれない。だけど、少しずつできることを増やしていくことはできる。自分はすぐ目の前のことしか見えていなかったけれど、この先、時間はたくさんあるのだ。

いつか別れの日が来るかもしれない。だけど、ロイを好きだと思う気持ちが消えてなくなることはない。それだけは自信がある。

「だったら、僕が行きます」

「え？　いま、何て……」

「僕がアメリカに行けば、問題ないんだってさっき気がつきました。……って、ウォンさんと話しててわかったんですけど」

「ちょっと待て。何の話をしてたんだ？」

動揺《どうよう》しているロイの質問を聞き流し、先に自分の云い分を告げる。

「卒業まではまだ一年以上あるけど、アメリカの大学に行くって選択肢《せんたくし》もあるし、冬休みとか春休みとかあるし……しばらく会えない日もあるけど、その間はロイに相応《ふさわ》しい大人になれるよう勉強してます」

「惺──」

惺の決断に、ロイは惚《ほう》けた顔をしている。その隙《すき》に気恥《きは》ずかしい告白を口早に告げた。

「昨日の野球をしてるロイは本当にカッコよくて、キラキラしてて、全然手の届かない人みたいで……それが淋《さび》しかったんだと思います。だから、一緒にいることが怖《こわ》くなったんです」

ユーインとの噂《うわさ》を聞いてしまったことは黙っておくことにした。それを云えば、ロイを落ち込ませてしまうだろうから。二人が深い仲ではないことを聞かされたいまも、信頼《しんらい》し合っている二人の関係は羨《うらや》ましく思う。だけど、それは妬《ねた》むよりも目標にしたい。

「でも、僕が好きになったのは普段《ふだん》のロイで、どっちのロイもロイだって気づいて——」

全《すべ》てを云い終わる前に力いっぱい抱《だ》き上げられた。

「惺はやっぱり最高だ!」

抱き上げられたまま、ぐるぐると回され目も回る。人目があるのに、と慌《あわ》てたけれど、気がついたら、ジェフリーもユーインもいなくなっていた。気を利《き》かせて、席を外してくれたのだろう。

「あの、下ろして下さい…っ」

「ああ、すまない。思わず浮《う》かれてしまった」

すぐに下ろしてくれたけれど、腕《うで》は解いてくれない。ぴったりとくっついたままの部分が、どんどん熱くなってくる。

(恥ずかしいことを云っちゃった……)

どう云えばロイに自分の想いが違わずに伝わるのか、一生懸命《いっしょうけんめい》考えて云った言葉だったけれど、飾《かざ》り立てていない素《す》の気持ちを知られるのは、やはり気恥ずかしい。

伝わる体温にドキドキしている自分をごまかすために、考えていたことをロイに伝える。

「あの…大学のこととか、相談に乗ってもらえますか？」

「もちろん、喜んで。惺、本当に無理はしていないか？　俺の行動がプレッシャーになっただろう？　ユーインにはよく単純で考えなしだと云われてるんだ」

ロイは逆に自分の行動を気に病《や》んでいるようだった。

「ロイこそ迷惑《めいわく》じゃないですか？　僕、ちょっと図々《ずうずう》しかったですよね…？　もし、僕の存在が負担になるようならはっきり云って下さい。ロイの邪魔《じゃま》はしたくないから」

相手の考えも聞かず、将来設計を勝手に立ててしまったことは先走りすぎていたかもしれない。ロイが気を悪くしていなければいいのだが。

「負担になるわけないだろう！　むしろ、惺が嫌《いや》だと云っても放《はな》してやれそうにない」

惺の心配は杞憂《きゆう》だったようだ。

「放さないで下さい。僕はずっと一緒《いっしょ》にいたいです」

「それはプロポーズだと受け取るぞ」

ロイは惺の頬《ほお》を両手で包み、顔を近づけてくる。まるで壊《こわ》れものに触《ふ》れるようにそっと口づけられた。思い切って、自分からロイの体に腕を回してしがみつく。

柔《やわ》らかく重ねられた唇《くちびる》は、名残惜《なごりお》しげに離れていった。

「惺、明日も学校を休ませてしまってもいいか?」

「え……?」

「すまない、抑《おさ》えがきかなさそうなんだ」

その言葉に目線を上げると、余裕《よゆう》のないロイの顔がそこにあった。惺は緊張《きんちょう》に震《ふる》えながら、小さくこくりと頷《うなず》いた。

惺はまたもロイに抱《だ》きかかえられ、寝室《しんしつ》へと運ばれた。ベッドに押しつけられたかと思うと同時にされた熱烈《ねつれつ》なキスに翻弄《ほんろう》されているうちに、制服のネクタイは解《ほど》かれ、ワイシャツは全てボタンを外されていた。

「あ、ぁ、あ……っ」

ロイは惺の体を撫《な》で回し、あちこちにキスを落としてきた。吸い上げられた場所は侵略《しんりゃく》の証《しるし》だとばかりに赤い痕《あと》が残されている。

恥ずかしさに耐《た》えながら、与《あた》えられる刺激《しげき》に昂揚《こうよう》していく体が、自分の知っているものとは違うものになっていくのを感じていた。

「本当に感じやすいな、惺は」

「ん…っ、それって、ヘン、なの……？」

「いや？　むしろ大歓迎《だいかんげい》だ。もっと乱れてくれてもかまわない」

「な…に、云《い》って……っ、あ、あっ」

きゅっと胸の先を摘《つま》み上げられ、背中が跳《は》ねる。ロイに触《さわ》られるまで、意識したことなんてなかった場所なのに、いまは嘘《うそ》のように敏感《びんかん》になってしまった。

舌先で転がされてぷつんと尖《とが》ったそこを、ロイはキツく吸い上げてくる。もう一方は指で痛いくらいに捏《こ》ねられ、悍はロイの下で身悶《みもだ》えた。

「やぁ…っ、そ…んな、したら、ぁあ……っ」

「どうなるって？」

「……っ」

ベッドの中のロイは、いつもより少し意地悪だ。わざと悍に恥ずかしいことを云わせて喜んでいるような節がある。

「こっちももう苦しそうだな」

「あ……っ、や、ダメ……っ」

足を膝《ひざ》で割り開かれ、兆《きざ》してきた股間《こかん》を擦《こす》られる。些細《ささい》な刺激だけで、そこは痛いくらいに張り詰《つ》めた。ロイはまだ襟元《えりもと》を乱しただけで、呼吸すら上がっていないのに、一人で乱れきっている自分が恥ずかしい。

「や……っ」

ベルトの金具を外され、ズボンの前を開かれる。止める間もなく、下着を引き下ろされてしまった。反り返った自身が晒《さら》され、全身が煮《に》えたぎる。

「これじゃ辛《つら》いだろう？」

「んー……っ」

根本から指先でなぞり上げられ、ぶるりと腰《こし》を震わせた。先端《せんたん》の感じやすいところを引っ掻《か》くようにされるたびに、腰の奥の疼《うず》きが酷《ひど》くなる。だけど、熱を手放すための刺激には物足りない。もどかしさに耐えながらロイの様子を窺《うかが》うと、獲物《えもの》を狙《ねら》う獣《けもの》のように舌なめずりをしていた。

「え……？」

体の位置をずらしたかと思うと、顔を惺の腰の辺りに寄せた。行動の意図がわからず惚けていた惺は、前置きもなく自身を舐《な》め上げられ、頭の中が真っ白になった。

だが、それも一瞬《いっしゅん》のことで、未知の感覚にパニックに陥《おちい》る。

「だめ、ロイ、それやだ……っ」

こんなにも刺激の強い快感は生まれて初めてだった。何かの生き物のように蠢《うごめ》く舌が自身に絡《から》みつき、体液を溢《あふ》れさせる先端を啜《すす》るように吸い上げられる。

「あ、溶《と》けちゃ……っ、や、あぁ…っ」

恥ずかしくて死にそうなのに、それ以上に気持ちいい。激しく鳴り響《ひび》く心臓と同じリズムで、体の奥が疼いている。

ロイは惺のそれに舌を絡めながら、制服のズボンも下着も取り去ってしまった。剝《む》き出しになった足を立てさせられ、より恥ずかしい格好にさせられる。

「や、ぁん、んん…っ、んぅ」

ロイはベッドの傍《そば》にあったスキンケア用のオイルを手に取り、開かせた足の間に塗《ぬ》りつけてきた。ぬるりとした感触《かんしょく》に内腿《うちもも》を強張《こわば》らせると、昂《たか》ぶりの先端を口に含《ふく》まれ強く吸われる。

意識が逸《そ》れた一瞬に、指先が後ろの窄《つぼ》まりに押し込まれた。

「あ……っ⁉」

ぬるぬると抜《ぬ》き差しをされながら自身をしゃぶられ、何が何だかわからなくなってくる。ロイはこの間の惺の反応を覚えているらしく、迷うことなく敏感な場所を探《さぐ》り当ててきた。

「あっ、あ、あ！」

そこを弄《いじ》られると、勝手に腰が跳ねてしまう。尾《び》てい骨の辺りから頭のてっぺんに電流が駆《か》け抜けるような快感に、上擦《うわず》った声が上がった。ロイは身悶える惺を尚《なお》も責め立て、快感を煽《あお》り立てていった。

「もうだめ、放し…て……っ、ロイ…ッ」

必死に懇願《こんがん》するけれど、ロイは頭を上げてくれない。それどころか、指と舌を使い、解放を促《うなが》してきた。このまま達してしまうことだけは避《さ》けたくて、衝動《しょうどう》を堪《こら》えるけれど理性ではどうにもならなかった。

「あ、ン、んー…っ」

びくびくと腰が震え、ロイの口腔《こうこう》に放ってしまった。惺が羞恥《しゅうち》に泣きそうになっているのに、ロイは顔を上げることなく、残滓《ざんし》まで残らず吸い上げてくる。その上、口の端《はし》についた白濁《はくだく》を舐め取った。

「だめって云ったのに……っ」

涙目《なみだめ》で文句を云うと、とんでもない理由が返ってきた。

「惺の味を知っておきたかったんだ」

「な……っ」

赤面し、返す言葉もなくわなないていると、ロイは着ていたシャツを脱《ぬ》ぎ捨てた。そして、まるで彫刻《ちょうこく》のような体に目を奪《うば》われたその隙《すき》に、惺の足を抱《かか》え上げた。

より深く膝を折り曲げられ、さっきまで掻き回されていた場所さえロイの眼下に晒される。

「やだ、こんなの恥《は》ずかしいよ…！」

一度は同じような体勢で体を繋《つな》げたけれど、あのときは夜で暗かった。だが、いまは明るくて、何もかも見られてしまう。

「惺の恥ずかしいところも全部見たい。ほら、自分で足を持って。できるだろう？」

「……っ」

両足を左右に大きく開き、膝の裏を自らの手で支える。恥ずかしくて死にそうな格好だったけれど、ロイが云うのならと羞恥に耐えた。

ロイは自らのウエストを緩《ゆる》め、猛《たけ》った欲望《よくぼう》を引き出した。明るい場所で見るそれは思っていた以上に迫力《はくりょく》がある。あんなものが自分の中に入ったなんて信じられない。

呆然《ぼうぜん》としていたら、勃《た》ち上がったままの昂ぶりにオイルをたっぷりと垂らされた。伝い落ちたオイルは後ろの窄まりをも濡《ぬ》らす。

その何とも云えない感覚に悍が思わず息を呑《の》んだ瞬間《しゅんかん》、昂ぶりの先端が押し当てられた。

「あ……っ」

ロイはやや強引《ごういん》に、自身を捻《ね》じ込んでくる。充分《じゅうぶん》に解《ほぐ》され、滴《したた》るほどにオイルを使われた悍の体は抵抗《ていこう》感なくロイを受け入れた。

「ン、ぅ、んん……っ」

苦しい感じはしたけれど、痛みはない。

「もう少し」

ロイはそう云うと、悍の体を掬《すく》うように抱き寄せ、体を引き起こした。

「ん…っ」

座ったロイの膝に跨《また》るような体勢にされ、自分の体重で腰が落ちる。最奥《さいおう》まで入り込んできた衝撃《しょうげき》に、目の前がチカチカと明滅《めいめつ》した。

体を強張らせた惺の背中を、ロイが優《やさ》しく撫でてくれる。ロイと繋がり合った部分はめいっぱい押し開かれ、じんじんと熱く疼いていた。

俯《うつむ》かせていた顔を掬うように上向かされ、何度も唇《くちびる》を啄《ついば》まれる。その優しい感触に、少しずつ体が緩んでいく。

「全部入った」

「すご……おっきい……」

圧迫感《あっぱくかん》は前回の比ではない。あのときは、全《すべ》て入ってはいなかったのだろう。力強く脈打つ塊《かたまり》を体内に感じ、息を詰める。

「そんなに締《し》めつけるな。これじゃ動けない」

「だって……っ」

ロイが笑う振動《しんどう》すら、惺の体を感じさせる。ロイの肩《かた》に爪《つめ》を立て、駆け上がってくる快感に耐《た》えた。それなのに、ロイは無茶《むちゃ》なことを云ってくる。

「自分で動かしてみろ。どこが感じるのか、もうわかるだろう?」

「え、む、無理です…っ」

「いいから、好きに動けばいい」

「そんな――ぁん、あ、あ…っ」

繋がり合った体を下から突《つ》き上げられる。その衝撃に弾《はず》んだ体を、そのまま揺《ゆ》すられた。隙《すき》間《ま》なく噛《か》み合ってはいるけれど、オイルのお陰《かげ》で僅《わず》かに動く。

ロイの屹立《きつりつ》に擦られ、悍の内壁《ないへき》は小刻みに震《ふる》えた。零《こぼ》れた喘《あえ》ぎは、どんどん甘みを帯びてくる。律動で生まれる甘い感覚が全身に広がっていった。

「んぅ、んん……っ」

「悍。できるだろう?」

体を揺すられる動きに合わせて、悍も躊躇《ためら》いながらも膝《ひざ》に力を入れ、腰を動かしてみる。すると、ロイは突き上げを激しくしてきた。

「や…っ、あ、待っ……」

体が上下に弾むせいで、昂ぶりがロイの体で擦《す》れる。それすら気持ちよくて、悍は一層甘い声を上げてしまう。ロイは快感におののく悍の体を支えながら、ぷつりと硬《かた》くなった乳首《ちくび》を親指で押し潰《つぶ》した。

「いっ……強く、しないで……っ」

二つ同時に捏《こ》ねられ、痛覚ぎりぎりの快感に眉根《まゆね》を寄せる。多分、そこが感じすぎてしまうせいだ。しかし、そっと触《さわ》られても今度は物足りない。

「そんなに感じる?」

「気持ちい……っ、あ、ん」

するりと移動していたロイの手が、惺の欲望を捕《と》らえた。鍛《きた》えられた腹部に擦れていたそれは、これ以上ないほど張り詰《つ》め、先端を潤《うる》ませていた。強弱をつけて扱《しご》かれ、切羽詰《せっぱつ》まった感覚が込み上げてくる。

「あ、あ……っ、あッ」

突然《とつぜん》、いまにも弾《はじ》けてしまいそうな惺の昂《たか》ぶりの根本をキツく締めつけられた。その衝撃に惺は目を瞠《みは》り、息を呑んだ。そこを押さえつけられたまま、体は尚も揺さぶられる。快感を与《あた》えられながら、欲望を堰《せ》き止められることがこんなに辛《つら》いことだなんて知らなかった。

「もう、苦し……っ」

「もう少し我慢《がまん》できるか？」

「ど…して……？」

「そうしたら、一緒《いっしょ》にいけるだろう？」

「……ッ」

囁《ささや》きと共に吐息《といき》が耳に吹《ふ》き込まれる。返事をする前に唇をキスで塞《ふさ》がれた。絡《から》まり合う舌も、蕩《とろ》けてしまいそうに熱い。

指が解かれたあと、腰《こし》を両手で摑《つか》まれる。力任せに体を上下に揺さぶられ、内壁が激しく擦れ合う。繰《く》り返される抜き差しに、どんどん高められていった。

「ロイ…っ、だめ、も、いっちゃ……っ」

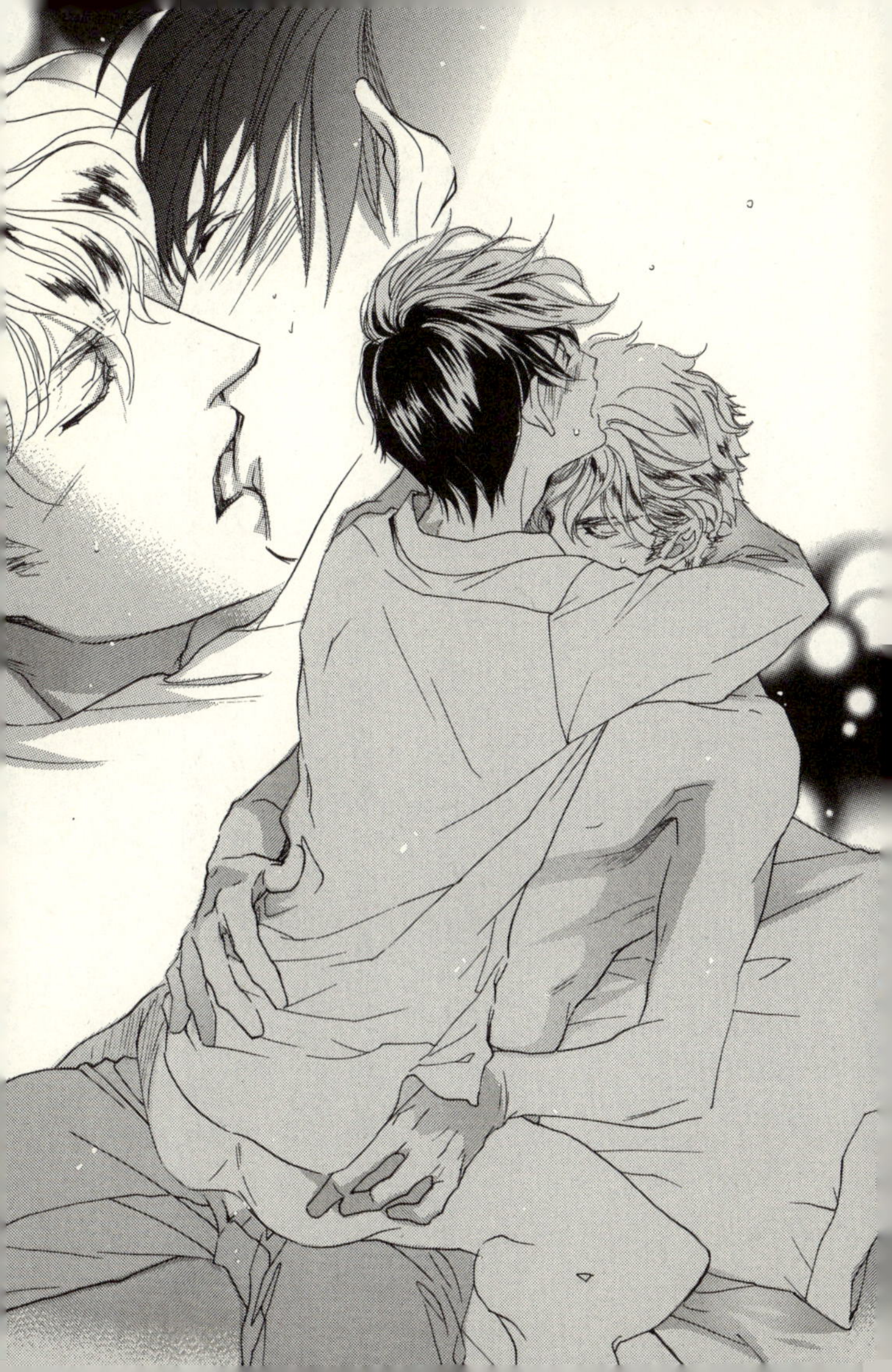

「中に出していいか？」

「いい、から……っ」

何でもいいから、早くイカせてもらいたかった。惺が懇願すると、突き上げはさらに荒々《あらあら》しくなった。ロイも欲望を抑《おさ》え込んだような、辛そうな表情をしている。

「惺──」

「あっあ、あ……っ！」

背中を撓《しな》らせながら果てると同時に、惺はロイの昂ぶりが大きく震えたのを感じ取った。体の奥に熱い欲望が放たれる。

惺は満たされた気持ちでロイの背中をかき抱《いだ》く。ロイはそれ以上に強い力で、惺の体を抱《だ》きしめてくれた。

9

「帰りたくない」

ロイは他《ほか》のメンバーよりも帰国を遅《おく》らせた上、空港のVIPルームで駄々《だだ》を捏ねていた。

「まだ、そんなことを云《い》ってるんですか？　だいたい、普《ふ》通《つう》は逆でしょう。自分の歳《とし》を考えて下さい」

見送りに来ていた惺は、呆《あき》れた顔のユーインに苦笑いで応《こた》える。惺だって離《はな》れたくないと思っているけれど、先に云われてしまうと泣くわけにはいかない。

「俺は素直《すなお》な気持ちを口にしているだけだ。ああ、そうだ、惺。梢から連絡《れんらく》があったんだ」

「梢さんから!?　本当ですか？」

「ああ、メールをもらった。玲子のことを誤解していたから、機会があれば会いたいと書いてあった。それを玲子に伝えたら、とても喜んでいたよ」

「よかったですね……！」

ロイの報告に、惺は思わず拳《こぶし》を握《にぎ》りしめる。

（和解できそうでよかった……）

すぐに心を開くのは難しいかもしれないけれど、親子なのだからきっとわかりあえるはずだ。

「ああ、惺のお陰だよ。ありがとう」

「僕は玲子さんの手紙を渡《わた》しただけです」

「それと、これ。受け取ってもらえないか?」

「何ですか?」

ロイに小さな手提《てさ》げの紙袋《かみぶくろ》を渡される。何かと思って中を覗《のぞ》いてみると、それは携帯電話《けいたいでんわ》のようだった。

「これは海外とも繋《つな》がるんだ。だから、いつでもかけてきてくれ」

「もらえません!　通話料だって高いんでしょう?」

「心配しなくていい。これは俺が契約《けいやく》したものだから、惺に負担はかからない」

普通の携帯電話だって、決して安いものではない。それが海外とも繋がるとなると、きっと高額な通話料を請求《せいきゅう》されるに違《ちが》いない。ロイにとっては大した額でなくても気が引ける。

「俺が持っていて欲しいんだ。預かってくれるだけでいい。国に帰れば、すぐに会いにくることもできなくなる。せめて、いつでも惺の声が聞けるようにしておきたいんだ」

「ロイ……」

そう云われてしまうと、返すわけにもいかなくなる。どうしようかと迷っていたら、ユーインが本気で嫌《いや》そうな顔をして口添《くちぞ》えをしてきた。

「私のためにも受け取って下さい。毎日、彼の愚痴《ぐち》を聞かされるのは困るので」

「……じゃ、じゃあ、預かるだけですよ？」

「ありがとう、悍！　毎日電話する」

「しなくていいです。電話代がもったいないし」

「悍は毎日俺の声を聞きたいと思わないのか？」

「思いません。……だって、会いたくなっちゃうじゃないですか……」

会えない時間を耐《た》えなければいけないのに、電話でロイの声を聞いてしまったら我慢できなくなってしまいそうで怖《こわ》い。

そんな呟《つぶや》きのあと、ロイは唸《うな》るような声を上げて悍を抱きしめてきた。

「どうしてこのまま連れて帰れないんだ！」

「はな、放して下さい…っ」

二人きりではないのにと慌《あわ》てる悍の横で、ユーインがやはり呆れている。

「誘拐《ゆうかい》犯になるつもりですか？　あまりしつこくしすぎると、愛想《あいそ》を尽《つ》かされますよ」

「そんなことはない。そうだろう、悍？」

「あはは……」

自信満々な口調のわりに、その眼差《まなざ》しは不安げで、悍は思わず笑ってしまった。

あとがき

はじめまして、こんにちは、藤崎都です。暖かくなったり、寒くなったりと落ち着かない気候が続いておりますが、皆様《みなさま》いかがお過《す》ごしですか？

私は例年どおり、あの黄色い悪魔《あくま》に悩《なや》まされています……。今年は花粉の量が少ないらしいよとお医者さんに云《い》われましたが、一月から症状《しょうじょう》が出始めました（泣）。

その上、今年は犬までくしゃみをしています。散歩中に「くしっ、くしっ」とやってて可哀想《かわいそう》なんですが、マスクをつけてやるわけにもいかず……。早く花粉の季節が終わってくれるのを待つばかりです。

さて、今回は久々にトラップシリーズの新作です！　途中《とちゅう》にちらっと『恋愛トラップ』のキャラが出てきますので、既読《きどく》の方はあの二人のことを思い出してやって下さいませ。

攻がメジャーリーガーになったのは、とある方からのリクエストでした。実は野球に（というかスポーツ全般《ぜんぱん》に）疎《うと》いので、詳《くわ》しい方からしたらツッコミどころ満載《まんさい》になってるかもしれませんが、どうかご容赦《ようしゃ》下さい…。でも、外国人攻にはどんなに恥《は》ずかしいことを云わせても、何故《なぜ》か恥ずかしくない気がするので、何だか書いていてとても楽しかったです（笑）。

お忍《しの》びのスーパースターと出逢《であ》う普通《ふつう》の子、というのは恋愛《れんあい》ものとしては鉄板と云っていいくらいお約束な話ですが、読むのも書くのも大好きです。やっぱり王道はいいですよね！

そのせいなのか、ページ数が予定していたより五十ページも増えてしまって、書いても書いても終わりが見えず困り果てました（苦笑）。

というわけで、いつもより少し長めだったのですが、読んで下さった皆様に楽しんでいただけたなら幸いです♡

素敵《すてき》な挿絵《さしえ》を描《えが》いて下さいました蓮川先生。思わず見蕩《みと》れてしまうほどカッコいいロイと、清楚《せいそ》で可愛《かわい》い惺をありがとうございました！　イメージしていた以上に二人とも素敵で、眼福ものでした。

そして、担当様にもお世話になりました。くれぐれもお体を大事に、残業もほどほどに、自分を労《いたわ》って下さいね……。

最後になりましたが、この本をお手に取って下さいました皆様、感想のお手紙を下さった皆様に心から感謝しています。今後も精進《しょうじん》していきますので、どうぞよろしくお願いします。

最後までおつき合い下さいまして、ありがとうございました！

またいつか貴方《あなた》にお会いすることができますように♡

二〇一〇年三月

藤崎　都

KADOKAWA
RUBY BUNKO

求愛《きゆうあい》トラップ

藤崎《ふじさき》　都《みやこ》

角川ルビー文庫　R78-42　　16257

平成22年5月1日　初版発行

発行者――井上伸一郎
発行所――株式会社角川書店
東京都千代田区富士見2-13-3
電話/編集(03)3238-8697
〒102-8078
発売元――株式会社角川グループパブリッシング
東京都千代田区富士見2-13-3
電話/営業(03)3238-8521
〒102-8177
http://www.kadokawa.co.jp
印刷所――暁印刷　製本所――BBC
装幀者――鈴木洋介

ISBN978-4-04-445547-7　C0193　定価はカバーに明記してあります。

藤崎 都
イラスト／蓮川 愛
――忘れるな。
俺の欲望と執着を望んだのは、お前だ。
一途な不言実行型
×
意地っ張りな寂しがりやの
トラブル・ラブバトル！
愛欲トラップ
失恋でヤケになり、幼馴染みの尚之に「抱いてくれ」と縋った彬。だけど、その代償は『愛欲の日々』で…？
恋に囚われ愛に溺れていく――罠のような愛欲の日々！

ルビー文庫